Imre Dietz

Ik kom eraan

WERELDBIBLIOTHEEK · AMSTERDAM

Omslagontwerp Bureau Beck
Omslagillustratie © Ayal Ardon / Trevillion Images

© 2011 Imre Dietz en
Uitgeverij Wereldbibliotheek bv
Spuistraat 283 · 1012 VR Amsterdam

www.wereldbibliotheek.nl
www.imredietz.nl

ISBN 978 90 284 2423 4
e-book 978 90 284 4006 7

Ik kom eraan, ik kom eraan
Zee, wind, zon, oceaan
Ik kom eraan
  – Freek de Jonge

PROLOOG

De hele avond heb ik hem al in het vizier. De manier waarop hij naar me kijkt, is maar voor één uitleg vatbaar. De eerste keer dat ik zijn blik ving, keek ik nog schichtig om me heen, ik kon bijna niet geloven dat die voor mij was bestemd. Maar hij lachte en knikte. *Ja, ik bedoel jou.* Een rilling door mijn lichaam. Mijn opwinding is niet alleen fysiek. Zou het vanavond eindelijk gaan gebeuren?

Ik lijk uit voelsprieten te bestaan, wachtend op elke actie van hem die op mij is gericht. Ik ben me bewust van mijn hele lichaam, benen stevig op de grond, armen over elkaar, in mijn hand een biertje geklemd. Normaal ben ik alleen een hoofd dat nadenkt. Dat er ook een lichaam aan bungelt, is bijzaak. Ik moet lachen om mezelf. Deze jongen heeft vast geen idee wat hij in me losmaakt. Weer vang ik zijn blik. Hij wil me, zoveel is duidelijk, ik ben niet helemaal van gisteren. Verlegen kijk ik naar de grond, maar zie dan zijn schoenen in mijn richting schuifelen, tussen al die andere mensen door. Hij komt mijn kant op. Ik hoor de muziek amper nog. Een lichte paniek vloeit door me heen. Zie alleen die schoenen, ze naderen langzaam, tot op een meter afstand. Als ik nu niet naar hem opkijk, verklaart hij me vast voor gek en zal hij doorlopen. Ik vat moed en kijk hem vol aan.

'Nog een biertje?' vraagt hij lachend. Hij legt zijn hand licht op mijn bovenbeen, alsof we elkaar al jaren kennen. De vanzelfsprekendheid van het gebaar verrast me. Wat een lef.

'Lekker,' zeg ik dapper.

WEEK 1

Zolang ik me kan herinneren, adoreer ik hem. Hij is vijf jaar ouder dan ik en wanneer wij vroeger bij zijn ouders op visite waren, zwaaide hij me in de lucht en mocht ik vaak en lang op zijn rug zitten. Hij heeft donkerbruine krullen tot op zijn schouders en blauwe ogen in een breed, melkachtig gezicht. Eigenlijk lijk ik sprekend op hem. Mijn haar is alleen nog donkerder, bijna zwart, en mijn grove krullen hangen tegenwoordig tot halverwege mijn rug, we lijken ook nu nog broer en zus. Het enige grote verschil tussen ons is, dat ik grote, volle lippen heb, overgenomen uit het genenpakket van mijn vader. Hij heeft een veel smallere mond.

Als ik hem voor de geest haal, zie ik zijn vrolijke gezicht, vol aandacht voor mij. Ook als vierjarige was ik daar al gevoelig voor; ik vroeg tot vervelens toe of we bij hem op bezoek gingen, een verzoek dat mijn ouders om de week honoreerden. En altijd was hij er voor mij. Hij nam me mee uit wandelen, leerde me fietsen, kaarten en voetballen. Hoe meer blauwe plekken ik opliep, hoe stoerder ik dat vond. Ik wilde zijn beste vriend zijn, een polderjongen. Mijn haar moest kort, want hij had dat toen ook. Korte, woeste krullen rond een grof, breed gezicht. Mijn zwarte, doorlopende wenkbrauwen gaven mij een wat bozige uitdrukking. Ik rende en stoeide, was een echt jongensmeisje en ging hem onbewust nadoen: schouders naar voren, armen over elkaar en wijdbeens op de bank de rest van de aanwezigen spottend bekijken. Zodra we alleen waren, schaterden we om de kleinste voorvallen. Ik vertelde hem alles wat ik wist, want als ik hem kon verbazen, floot hij tussen zijn tanden en lachte hij bewonderend. Supertrots was ik dan. Wat hij met een klein meisje als ik moest, vroeg ik me niet af. Van alle familieleden die ik heb, is hij me het liefst. Tom is mijn favoriete neef.

Tom studeerde in Utrecht en is er daarna blijven wonen, dus toen ik me wilde inschrijven voor de studie psychologie, koos ik voor Utrecht. Niet dat we elkaar tijdens mijn middelbareschooltijd nog veel hadden gezien, maar hij kon me wegwijs maken in de stad. Het was een geruststellend idee dat ik er iemand kende bij wie ik me vertrouwd voelde. Ik had zelfs het geluk een tijd bij hem in te kunnen wonen voordat ik naar een aftands studentenhuis vertrok om daar te genieten van het echte studentenleven. Hoewel hij mij verzekerde dat het voor hem geen enkel probleem was dat ik een kamer in zijn huis bewoonde, wilde ik hem niet langer tot last zijn dan strikt noodzakelijk. Sinds die tijd gaan we nog steeds vaak samen eten, ik beschouw hem als een van mijn beste vrienden.

Maar nu ik in mijn derde studiejaar zit, merk ik voor het eerst dat er iets aan de hand is met Tom. Hij reageert al een paar weken niet op mijn voicemailberichten maar na lang volhouden heb ik hem dan eindelijk aan de lijn. Zijn stem klink zacht en monotoon. Ik stel voor om samen in de stad te gaan eten.

'Ik heb het druk, Mirka,' zegt hij, 'ik bel je wel weer als ik meer tijd heb.'

'Wat ben je dan aan het doen?'

Stilte. Ik probeer het nog een keer.

'We hoeven niet een hele avond te eten. Laten we elkaar tenminste weer eens zien, gewoon even in een café. Ik heb je zo veel te vertellen.'

Tom kan er gelukkig niet langer onderuit om mij te zien en stemt toe om vanavond naar Broers te komen, een café-restaurant waar op dinsdagavond Argentijnse tango wordt gedanst en ik mijn nieuwe passie wekelijks uitleef.

Ik ben net met een jongen aan het dansen die ik ken van de Argentijnse tangocursus, als ik hem binnen zie komen. Ik zwaai enthousiast. Snel leg ik uit dat ik mijn neef niet wil laten wachten en daarom tegen de gewoonte in, de dans wil afbreken. De jongen heeft er alle begrip voor en samen lopen we de dansvloer af zonder de andere paren te storen.

'Jezus, wat is er met jou gebeurd?' laat ik mij ontvallen als ik

Tom kus. Ik schrik van mijn eigen botheid, maar vooral van zijn uiterlijk. Zijn nieuwe stoppelbaard prikt en zelfs in het zachte licht van het tangocafé ziet zijn gezicht er ingevallen en grijzig uit, zijn donkerblauwe ogen flets, zijn kleren bepaald niet op elkaar afgestemd. Hij kijkt me niet aan als we samen aan de bar plaatsnemen.

'Wat wil je drinken?' vraagt hij.

Ik noem mijn bekende wodka-jus, hij bestelt voor zichzelf een spa rood.

'Spa rood?' echo ik. 'Wat is er aan de hand?'

'Nou, niets. Maar het lijkt me niet goed om nu te drinken. Ik voel me de laatste tijd niet zo geweldig.'

Ik slik een al te duidelijke bevestiging in. Daar zit hij vast niet op te wachten. Onwennig schuif ik op mijn stoel. Zo ken ik Tom niet. Ik krijg de neiging een soort beroepshouding aan te nemen, maar hoe dat er precies uitziet, blijft gissen. Mijn stage begint pas volgend jaar. En dan nog, Tom is geen cliënt. Tom is mijn neef, tegen wie ik mijn hele leven al opkijk. Op wie ik zeker tien jaar heimelijk verliefd ben geweest. Die als eerste voorkwam in mijn romantische veroveringsfantasieën, die steevast tot een verkrampt orgasme leidden. Onderdeel van deze bewondering was natuurlijk dat ik hem op een voetstuk plaatste en van hem alle wijsheid en geluk verwachtte. Dat juist hij als een verlopen zwerver nu bij me aan de bar zit, druist in tegen al mijn naïeve verwachtingen. Ik voel me ongemakkelijk. Hij blijkbaar ook. Nog steeds kijkt hij me niet aan. Ik denk terug aan de colleges over verschillende soorten psychotherapie waar we dit trimester mee bezig zijn. Allereerst vragen of de cliënt de praktijk goed heeft kunnen vinden. Een praatje over het weer kan ook geen kwaad. De cliënt op zijn gemak stellen, daar gaat het om. Ik denk snel na.

'Ben je hier al eerder geweest?'

Ik krijg het warm. Dit is een wel heel knullige opening.

'Ja, maar niet op dinsdagavond. Aparte muziek, die tango van jou.'

Goddank, hij hapt. Ik ben zo opgelucht dat er een stortvloed van woorden volgt.

'Een vriendin van me had het er de hele tijd over. Dat het een

bijzondere manier van uitgaan is. Het is in Broers alleen op dinsdagavond. Je danst wat, je praat wat. Het is hier bijna ouderwets. In
principe weiger je niet als iemand je vraagt. En je danst zeker drie
nummers met elkaar. Als je er eerder mee ophoudt, wordt dat als
een tergende afwijzing gezien.'

Ik lach. Ook Tom lijkt zich iets te ontspannen. Ik ben blij dat ik
hem de beginselen van de Argentijnse tango uit kan leggen, dat
geeft me de tijd van de eerste schrik te bekomen en te bedenken hoe
ik nu verder moet.

'En het is heerlijk om geleid te worden,' vervolg ik mijn verhaal.
'Het is allemaal improvisatie, dus je weet niet wat het volgende moment je brengt. Je moet zeer geconcentreerd zijn en je tegelijkertijd
volledig kunnen overgeven aan je partner. Als vrouw dan. Natuurlijk moet de man goed kunnen aangeven wat zijn bedoeling is, anders heb je als volger geen idee wat je moet doen en ben je steeds te
laat.'

Tom knikt.

Oké Mirka, genoeg gekeuveld. Nu voorzichtig een stap.

'Waar ben jij de laatste tijd eigenlijk mee bezig geweest?'

Weer die stilte. Dit is verdomd lastig voor me. Als het even kan,
vul ik de tijd met hilarische verhalen of lach Ik om die van anderen.
Wat zeiden ze daar in de colleges ook alweer over? Een langere
adem hebben dan de ander. Geduld oefenen. De meeste mensen
verbreken binnen acht seconden de stilte. Tong afbijten dus. Toch
moet dit niet veel langer duren, want ik ben bang dat het ongemak
van mijn gezicht af te lezen is. Ik kan moeilijk tot acht gaan tellen.

'Het gaat niet zo lekker de laatste tijd,' zegt hij eindelijk. 'Ik weet
niet goed wat er is. Kan het moeilijk onder woorden brengen. Ik
ben mezelf gewoon niet.'

Stilte. Ik besluit opnieuw te wachten, weet trouwens ook niet
wat ik moet zeggen.

'Je hoeft je geen zorgen te maken,' gaat hij door, 'het zal wel weer
overgaan.'

Hij bestelt een tweede drankje.

'Hier, neem het ervan.'

Ik neem een klein slokje van mijn tweede wodka-jus. Ik moet

mijn kop erbij houden, wil ik met iets zinnigs kunnen komen. Het blok over psychopathologie is nog in volle gang. Altijd eerst uitzoeken of psychische stoornissen een gevolg kunnen zijn van lichamelijke aandoeningen of medicijnen. En daarna de kenmerken van verschillende diagnoses uitvragen naar het handboek van psychiatrische stoornissen. Altijd beginnen met de meest ernstige symptomen: psychotische stoornissen, depressies en angsten. Met slaapproblemen en seksuele stoornissen komt de cliënt zelf wel op de proppen, beweert men, hoewel ik vooral daarover grote twijfels heb. Bovendien wil ik die in het geval van Tom ook helemaal niet weten.

'Heb je iets onder de leden?' vraag ik.

Hij kijkt me verbaasd aan.

'Ben je de laatste tijd nog bij je huisarts geweest, bloed geprikt, dat soort dingen?'

'Voor zover ik weet, is er lichamelijk niks mis met me.'

'Misschien is het toch goed om dat eens te laten checken,' opper ik.

'Oké.'

Dat viel mee. Nu het moeilijkste deel. Het college over wanen en hallucinaties heeft weliswaar veel indruk op me gemaakt, maar hoe vraag je zoiets uit? Ik doe een poging.

'Heb je wel eens last van stemmen in je hoofd? Dat je dingen hoort terwijl er geen mensen om je heen zijn?'

Tom kijkt me aan alsof ik gek ben.

'Je weet wel, dat je dingen hoort of ziet die er niet zijn.'

'Gaat het wel goed met je?' vraagt hij terwijl hij zijn bovenlijf van me wegdraait en zijn ogen samenknijpt. 'Is die studie wel oké voor je?'

'Sorry.'

'Ik ben niet gek hoor.' Met een klap zet hij zijn glas op de bar.

Dit wordt wel heel beschamend. Misschien neem ik het college te letterlijk. Ik besluit meer op mijn intuïtie af te gaan.

'Maar je klinkt zo depressief. Ik maak me zorgen om je,' zeg ik.

'Zeg dat dan. In plaats van me als een psychiatrische patiënt te behandelen.'

'Sorry. Ik wil vooral geen stomme dingen zeggen.'

'Moet je doorgaan zo.'

'Maar ben je dan depressief? Ik bedoel, ben je somber, eet je slecht, slaap je slecht, heb je last van schuldgevoelens, ben je moe, lusteloos, slecht geconcentreerd, ongeïnteresseerd?'

Ik som in één adem het hele rijtje op. Tom zucht en knikt.

'Zoiets ja. Ik ken mezelf niet terug.'

'O God nee hè, je wilt er toch niet uitstappen?'

'Nee, nee.' Hij laat zijn hoofd hangen en wrijft over zijn gezicht.

Naar een afname van seksueel verlangen, ook een kenmerk van depressie, durf ik niet te vragen. En trouwens, wat weet ik eigenlijk van zijn seksleven? We zwijgen allebei. De melancholische klanken van Astor Piazzolla bezorgen me kippenvel. Ik ben er niet gerust op. Verdomme, hoe kon dit nou gebeuren? Mijn Tom. En ik die het zo klunzig aanpak. Misschien kan ik met een docent overleggen wat ik het beste kan doen. Omdat ik niets beters weet te verzinnen, leg ik mijn hand op zijn arm. Zo zitten we een tijdje totdat hij gaat verzitten.

'Genoeg over mij. Hoe is het eigenlijk met de liefde?'

Dankbaar dat hij mijn meest geliefde onderwerp aansnijdt, vertrouw ik hem toe dat mijn nieuwe prooi net binnen is gekomen, een prachtige zwarte man die al zeker vijf jaar danst, gezien het gemak en de sierlijkheid waarmee hij zijn partners laat rondzwieren.

'Ik heb vorige week met hem gedanst, op een heel langzame tango. Ik heb zelden zoiets erotisch meegemaakt. Het klinkt raar, maar het hoogtepunt was dat we na een paar heftige rondjes uiteindelijk stilstonden, midden op de dansvloer, terwijl de muziek doorging en iedereen om ons heen verder danste. We stonden stil en hielden elkaar vast. Ultieme intimiteit. Beter dan seks! En daarna weer verder dansen, eerst heel langzaam, later weer onstuimig. Ik kan sinds vorige week dinsdag nergens anders aan denken.'

Mijn ogen schitteren, ik kan mijn plezier niet verbergen en Tom glimlacht zowaar.

'Jij bent de afgelopen tijd dus nog niets veranderd. Hoe heet hij?'

'Geen idee. Dat maakt het nog prettiger. Wie weet hoelang dit voorspel gaat duren.'

'Ja, voordat je er weer een punt achter zet.'

Daar raakt hij een snaar. Mij ergens in storten kan ik goed, maar een relatie volhouden behoort niet tot mijn sterkste kanten. Zodra de verliefdheid eraf is of de eerste tekenen van onrust de kop opsteken, ben ik weg. Tom haalt mij abrupt uit mijn overpeinzingen.

'Nou, ik ga maar eens.'

Hij staat op en trekt zijn jas aan. Ik wil hem laten weten dat ik meeleef, dat ik hem wil helpen waar ik maar kan, dat ik van hem hou en hij er niet alleen voor staat. Natuurlijk zeg ik dat allemaal niet.

'Hoe moet het nu met jou? Ik bedoel, je moet hier niet alleen mee rond blijven lopen.'

'Ik heb het jou nu toch verteld.'

Met een schuin lachje kust hij me gedag. Ik laat hem zomaar gaan.

Veel tijd om erover na te denken heb ik niet. De donkere man die al een week iets spectaculairs met mijn hormonen doet, komt naar me toe.

'Wil je dansen?'

Drie eenvoudige woorden maken dat ik opnieuw verdrink in de zee die tango heet.

Woensdagochtend tien uur. Ik word met bonzend hoofd en een gevoel van algehele lichamelijke lamlendigheid wakker. Gelukkig heb ik pas om één uur college, alle tijd om rustig bij te komen. Zoals vaker wanneer ik te veel gedronken heb, rooster ik brood en bak drie eieren met flink veel peper en zout en een laag oude kaas met bieslook eroverheen. Vervolgens drink ik twee koppen sterke koffie. Gouden recept voor een niet al te hevige kater. Ondanks de voelbare aanslag op mijn lichaam veer ik licht door de keuken. Gisteravond was zeer geslaagd. Ik weet nog steeds zijn naam niet, wel hebben we zeker anderhalfuur gedanst. En weer was het pure erotiek. Tussendoor dronken we wat, maar we zeiden niet veel. Ik voelde me bijna een verliefde puber, zo onhandig gedroeg ik me. Nu is het vinden van de juiste woorden nooit mijn sterkste kant geweest. Maar als ik iemand leuk vind, al helemaal niet. Gelukkig valt er altijd veel te kijken in het tangocafé en was de noodzaak om een geanimeerd gesprek te voeren ook gisteren niet echt aanwezig. Elkaar vertellen welke dansers we goed vonden, leek ook voor hem genoeg te zijn. Tegen enen sloot het café. We gaven elkaar drie trage zoenen op de wang.

'Voelt goed hè, ben je er volgende week weer?'

Iets mooiers had hij niet kunnen zeggen. Nog steeds klinken zijn woorden na in mijn oren. Rustig aan, wie weet komt er nog van alles tussen, maan ik mijzelf. Maar mijn vrolijkheid is niet in te dammen. Ik maak in mijn badjas een paar wijde draaien op het parket terwijl ik mijzelf uit volle borst een toonladder hoor zingen. Ik gooi het grote raam in de huiskamer open, hang over de vensterbank en snuif de buitenlucht op.

Pas onder de douche denk ik weer aan Tom. Hoe serieus zouden zijn problemen zijn? En waardoor is het zover gekomen? Ik heb nooit een zwaarmoedige kant in hem gezien, wel een serieuze. En ook een geëngageerde, Tom kan zich bijzonder opwinden over de ongelijkheid in de wereld. Hij geeft altijd geld aan zwervers en is lid van allerlei liefdadigheidsinstellingen, dit in tegenstelling tot zijn ouders die tegenwoordig in een villawijk in Almere wonen en nooit iets geven aan een goed doel. Ik vraag me af of zijn ouders weten hoe het met hem gaat. Bijna besluit ik ze op te bellen, maar op tijd bedenk ik dat ik Toms vertrouwen daar flink mee kan schaden. Opeens schiet me iets anders te binnen. Zijn huisarts. Die kan anti-depressiva voorschrijven. Wat ik van deze middelen begrijp, is dat het nog steeds onduidelijk is waardoor ze precies werken, maar dat ze veel mensen er bovenop helpen. Samen natuurlijk met thera-peutische gesprekken, bedenk ik ironisch, waar worden we anders voor opgeleid.

Ik denk voor de zoveelste keer terug aan mijn allereerste college van een bekende hoogleraar. Al in zijn inleiding verzekerde hij de menigte studenten dat vijftig procent van de aanwezigen al vóór het derde jaar zou zijn gestopt met de studie en niet meer dan vijf procent uiteindelijk het vak van therapeut zou gaan uitoefenen. Een golf van ontzetting, waar hij zichtbaar van genoot, ging door de overvolle collegezaal. Ik voelde direct grote antipathie voor hem, ook al, dat moet ik toegeven, waren zijn colleges spannend en grappig en werden ze daardoor veruit het meest bezocht.

Ik bel Tom op zijn mobiele telefoon en krijg weer zijn voicemail. Ik spreek iets in over medicijnen die via zijn huisarts te verkrijgen zijn en vraag hem mij terug te bellen.

Twee dagen later heeft hij nog niet gereageerd. Ik begin me zorgen te maken. Had ik hem wel alleen weg mogen laten gaan dinsdag-avond? Nu is hij alweer onbereikbaar. Ik heb er de hele middag een slecht gevoel over en 's avonds na het eten besluit ik onaangekon-digd bij hem langs te gaan. Misschien is hij niet thuis, maar op zijn werk zal hij zeker niet zijn; om voor mij onbegrijpelijke redenen koos hij al snel na zijn studie sociale geografie voor een saaie ge-meentebaan op een afdeling waar de deuren op vrijdag vermoede-lijk al om half vijf dichtgaan.

Ik stap op mijn fiets en rij in snel tempo naar zijn huis aan de andere kant van de stad, in Lombok. Ik ben er binnen het kwartier, buiten adem. Er brandt licht, ik bel langdurig aan, maar hij doet niet open. De gordijnen zijn dicht. Ik druk mijn oor tegen het raam maar ik hoor niets. Wat moet ik nu? Stel dat hij pillen heeft genomen en mij juist nu nodig heeft. Of misschien ben ik al te laat. Ligt hij daar al twee dagen verstijfd en stinkend in een hoek. Opnieuw druk ik de bel in, lang en hard. Ik kan de zoemtoon duidelijk horen.

Ongerust timmer ik op zijn raam en veel te hard roep ik zijn naam. Een paar voorbijgangers kijken me verstoord aan. Normaal gesproken zou ik me daar wat van aangetrokken hebben, maar nu roept het mijn agressie op en kijk ik kwaad terug. Die mensen hebben geen idee in wat voor situatie ik me bevind. Ik sta voor een moeilijke beslissing en het is dus alleszins gerechtvaardigd om mij anders te gedragen dan normaal, al ziet dat er misschien minder beleefd of onaangepast uit. Moet ik de deur intrappen, de politie bellen? Ik druk nu onophoudelijk op de bel en voel net een knallende hoofdpijn opkomen van de spanning, als de voordeur alsnog opengaat. Er zijn zeker vijf minuten voorbijgegaan sinds ik voor de eerste maal aangebeld heb. Tom staat in de deuropening, bedremmeld lijkt het wel. Ik kan hem wel om de hals vallen.

'Verdomme, waarom deed je niet eerder open? Ik ben me kapot geschrokken, man,' roep ik uit.

'Mirka. Wat kom jij hier nu doen?' vraagt hij tot mijn verbazing.

'Gaan we nog naar binnen of laat je me hier in de kou staan. Ik wil nu weten wat jou bezielt,' snauw ik.

Ik duw hem zijn huis in en glip langs hem heen. Woest ben ik. Op de drempel van de huiskamer blijf ik echter stokstijf staan. Mijn wenkbrauwen schieten naar boven. Wat of wie ik ook dacht aan te treffen, niet mijn jongste nichtje. Een golf van jaloezie trekt door me heen. Wat moet Tom met Ziggy?

Ziggy, amper achttien jaar oud, is een bijzonder aantrekkelijk kind. Lang, asblond haar, grote grijsblauwe ogen, slank en ook nog eens intelligent. Te irritant voor woorden. Toch heb ik Tom nooit verdacht van enige belangstelling voor haar. Perplex kijk ik haar aan. Ik voel een onaangename spanning in mijn buik. Ik begrijp nu opeens ook waarom hij niet open heeft willen doen.

Direct wegrennen kan uiteraard niet, hoewel ik dat wel het liefste zou willen. Een gesprek over koetjes en kalfjes is vermoedelijk de beste optie.

'Zo Ziggy, hoe gaat het met jou?' weet ik uit te brengen.

Zij schokschoudert wat. Tom redt de situatie.

'Ziggy wil graag meer weten over sociale geografie, vandaar dat zij langskwam.'

Ja, ja. Zelden zoiets ongeloofwaardigs gehoord.

'Dan zal ik jullie niet lang ophouden. Ik heb nooit meer dan een vijf voor aardrijkskunde gehaald.'

Toms werk is inderdaad het enige onderwerp waar we het nooit over hebben.

'Wat wil je drinken?' vraagt hij ongemakkelijk.

Ik drink mijn biertje snel op, voel me er hoe dan ook te veel en ben binnen twintig minuten weer weg. Op mijn fiets de koude avondlucht in. De alcohol doet zijn werk, wat maakt dat ik mezelf als iets minder dom beoordeel dan in nuchtere toestand het geval zou zijn.

Goed, Tom heeft mogelijk iets met Ziggy. Maar wat maakt hem dan zo depressief? De tijd dat neef en nicht geen relatie met elkaar mogen hebben, is inmiddels toch voorbij? Hoewel dat misschien niet geldt in mijn familie. Bij nader inzien toch een lastige situatie. Maar goed, het is al bijzonder dat Tom verliefd is. Dat is maar zelden eerder voorgekomen, en als het al eens zover was, dan was hij verre van neerslachtig, al vertelde hij nooit wie de gelukkige was.

Ik begrijp het nog altijd niet. In ieder geval heb ik me voor niets zorgen gemaakt. Ik ben blijkbaar ook niet de enige vertrouwenspersoon in zijn leven. Weer die steek van jaloezie. Maar deze keer probeer ik het rottige gevoel nu eens niet kwijt te raken. Ik ben zeer gegrepen door een boek over boeddhisme waarin vooral wordt geleerd te kunnen 'zijn' met alle emoties, ook de negatieve. Accepteren, doorademen, het gevoel erkennen en het niet groter maken dan het is. Het lukt de hele weg naar huis. De tranen staan in mijn ogen, ik voel een brok in mijn keel en ik laat het zo. Het hoeft niet weg, ik probeer het niet te veranderen. Dat ik mijzelf nog zo kan verrassen.

Thuis aangekomen laat ik de boeddhistische leer echter voor wat ze is en trek geërgerd een fles rode wijn open. Ziggy met dat lange, asblonde haar. Ik heb helemaal geen zin om aan haar te denken. Ik schud een zakje cashewnoten in een bakje, nip van mijn glas wijn en laat de gebeurtenissen van de afgelopen dagen op me inwerken. Al snel verdwijnen de gedachten naar de achtergrond en ik geniet van de roes die over me komt. Ik besluit vroeg naar bed te gaan. Al voor elven slaap ik.

*Z*iggy is net weg. Ik kan haar geur nog ruiken. Mooie Ziggy, met haar haren tot op haar kont en haar lange benen in een strakke, zwarte spijkerbroek. Wat een leegte in die grote, blauwgrijze poppenogen van haar. Wat moet er van haar worden? En kan ik daar nog een rol in spelen? Zo'n schoonheid. De wereld zou aan haar mooie voeten moeten liggen. Maar nee, daar is het te laat voor. Wat ik vanavond ook tegen haar zei, het had geen enkele zin. Ze is beschadigd. Een gewond dier. Aangeschoten wild. En ik kan haar niet oplappen. Ik kan niet tenietdoen wat al is aangericht. De glazen staan nog op tafel, ook het bierglas van Mirka. Ik was ze af en zet ze in het afdruiprek. Ik kijk naar de druppels die op de theedoek onder het rek vallen. Je hoort ze niet vallen, maar ziet ze wel. Een beetje sop blijft hangen. Iemand zei dat je dat sop moet wegspoelen, want het zou kankerverwekkend zijn. Hoewel ik misschien een langzame dood verdien, ga ik daar niet op zitten wachten. Ik zet mijn computer aan en wacht totdat de verbinding met internet tot stand komt. Het is een oud apparaat. Het duurt zeker vier minuten dat ik naar het scherm staar, terwijl ik zie hoe Windows knorrend en ruisend zijn standaardprogramma's opstart. Ik heb niet de fut om in de tussentijd iets nuttigs te doen, zoals ik vroeger zeker zou hebben gedaan. Nog even de planten water geven, de glazen drogen en alvast in de kast zetten, rondslingerende spullen op de trap leggen, al die gewone handelingen die me nu onzinnig en absurd voorkomen. Ik ben gisteren met de antidepressiva begonnen, Mirka kan tevreden zijn, maar behalve een droge mond en een metalige smaak merk ik nog niets. Mijn huisarts, een jonge vrouw met een puntig brilletje, zei dat het wel zes weken kan duren voordat ik een positief effect zou merken. Ze was duidelijk bang me teleur te stellen, maar die mededeling deed me weinig. Misschien neem ik de pillen wel in voor Mirka, in de hoop dat ze me met rust laat. Ze zit me te veel op de hielen.

Eindelijk kan ik het world wide web op, en ik toets Google in. Wat had Ziggy nou gezegd? HiBiZcus, met een z. Hoe ik ook zoek, er is geen link te vinden naar de organisatie waar zij haar heil nu gevonden heeft. Ze weten het dus inderdaad goed geheim te houden. Ik ben blij dat ze mij heeft uitgenodigd. Dat op zich schijnt al bijzonder te zijn. Zonder dat ik er het fijne van weet, ben ik door een strenge selectie gekomen, heeft zij mij vanavond verteld. Ik mag morgen met haar mee. Alles is me op dit moment te veel, maar dat wil ik wel. Het is het minste wat ik voor haar kan doen. Bovendien heeft ze mijn nieuwsgierigheid gewekt. Die wint het van mijn grijze stemming. Ik wil met haar mee.

Op zaterdag ga ik met Suzanne naar een tangosalon aan de Biltstraat. Ik ken Suzanne van de studie-introductiedagen en ik ben zeer gesteld op haar. Ze studeert sociologie en rechten en danst al vanaf het begin van haar studie. Het heeft een jaar geduurd voordat ik met haar meeging naar het tangocafé. Vooral haar verhalen over de ouderwetse manier van doen stonden me lange tijd tegen; voor een danssalon dirken de vrouwen zich zo mogelijk nog meer op dan voor een bar of discotheek, maar dan in klassieke stijl. De vrouwen met strak opgestoken haar, de mannen veelal in kostuum en lakschoenen. Dat beeld sprak me aanvankelijk niet echt aan. Ik val meer op stoerdere types, spijkerbroek, T-shirt, lang haar of haar dat op zijn minst in de war zit, maar toen ik me eenmaal had laten overhalen, speet het me dat ik al die tijd zo koppig was geweest. Ik geniet nu van de jurken die ik hier kan dragen en alleen al het lopen op de hoge, iele hakjes van de tangoschoenen maakt dat ik me volledig vrouw voel. Wel draag ik mijn lange haar meestal los.

Als ik binnenkom, zijn de eerste fanatieke paren al op de dansvloer. Hoe kan het toch dat je, als je Argentijnse tangomuziek hoort, in één klap al het andere in je leven vergeet? Het is alsof je als Alice in Wonderland door de deur stapt en in een andere wereld terechtkomt. Weliswaar begrijp je niet precies wat die wereld inhoudt, maar hij raakt je in je ziel. De weemoed, het verlangen om samen te smelten, om vastgehouden te worden, om geliefd te zijn; het zit allemaal in de klagende toon van de bandoneon. En lukt het om werkelijk als één hart op vier benen samen te smelten met een ander mens, dan stroomt alle levensenergie. Dan is tango tantra geworden, het web van verleiding wordt geweven, er is niets anders dan dat ene moment van volledig opgaan in elkaar.

Suzanne en ik vermaken ons prima. Ik besluit haar niet te vertellen over het fiasco bij Tom gisteren. Ik wil opgaan in de melancholische muziek, de fysieke nabijheid tijdens het dansen en de prettige bijkomstigheid dat je een danspartner niet hoeft te kennen, wat een ontmoeting soms zoveel spannender maakt. Eenmaal op de dansvloer is er geen tijd meer voor jaloerse gedachten aan mijn nichtje, zozeer heb ik mijn aandacht nodig om mijn verschillende partners te kunnen volgen. Wel speur ik regelmatig de zaal af. Is de mooie, zwarte jongen binnengekomen? Onvergeeflijk dat ik hem niet op de hoogte heb gebracht van deze avond. Blijkbaar was ik dinsdag zo van de wereld dat het me ontgaan is.

Ik vraag Suzanne of zij hem kent.

'Ik denk dat je Sebastian bedoelt,' zegt ze.

Ik laat de naam op me inwerken. Sebastian. Die naam past goed bij hem. Opeens bang dat ze meer over hem gaat vertellen dan ik wil weten, verander ik snel van onderwerp. We kletsen over docenten op de universiteit, de laatste mode en de nieuwe pizzeria om de hoek waar de pizza's dan wel een euro goedkoper zijn dan bij de buren, maar waarvan Suzanne weet te vertellen dat de drankjes er weer een stuk duurder zijn. We lachen dat we hoe dan ook belazerd worden. Tegen twaalven ben ik behoorlijk aangeschoten. Net als ik twijfel of ik zal blijven of naar huis zal gaan, ik heb morgen tenslotte nog een half boek te bestuderen, zie ik hem binnenkomen. Zijn korte kroeshaar is nat van de regen, de glinsterende druppels lijken erbovenop te liggen. Ik heb een onbedaarlijke neiging die druppels aan te raken, weg te waaieren, af te likken. O god, dit gaat helemaal verkeerd. Een spa rood. Ik bestel een spa rood aan de bar terwijl hij op mij af loopt. Hij kust me één keer, vlak bij mijn mond, zijn lippen en wang zijn nat van de regen. Ik vraag wat hij wil drinken. Een biertje. Ik ben me bewust van mijn blote armen, zwarte jurkje, rode wangen en verkrampte billen. Mijn hele lijf staat op scherp. Ze zeggen dat een kenmerk van verliefdheid is dat je laatste bevlieging altijd heviger lijkt dan alle voorgaande, waardoor je denkt dat die laatste keer de ware was. Wat je dus elke keer opnieuw denkt. Een docent noemde verliefdheid gekscherend een psychose omdat je iemand niet ziet zoals die werkelijk is, maar je lijdt aan een ernstige waan: je plakt een absurd ideaalplaatje op de ander. En dat hij daar niet aan voldoet, heb je die eerste tijd niet in de gaten. Vandaar de uitdrukking 'liefde maakt blind'. Er zijn een heleboel psychotherapeuten die om die reden niet met verliefde mensen willen werken. Dat zou toch geen zin hebben. Kom maar terug wanneer je weer met beide benen op de grond staat, zeggen ze dan.

Terwijl dit alles door me heen flitst, weet ik ook dat ik weerloos ben tegen de lichamelijke gewaarwordingen die deze Sebastian in mij op weet te roepen. Mijn lichaam luistert niet naar mijn verstand, sterker: ik lijk de controle over mijn geest volledig kwijt te zijn. De psychose heeft toegeslagen, zoveel is duidelijk.

Nu hij zijn sneakers heeft omgewisseld voor zijn dansschoenen, pakt hij mijn hand en leidt me de houten vloer op. Gelukkig is het een langzame tango van Pugliese, mijn favoriete componist. De snelheid van een milonga zou ik nu niet redden. Ik voel Sebastians grote hand door mijn jurkje heen op mijn rug, met zijn andere houdt hij mijn rechterhand stevig vast. Zo bewegen we ons vloeiend door de zaal. Het lijkt alsof hij doorheeft dat hij op dit uur van de dag geen al te ingewikkelde passen moet aangeven. Het gevoel van samen één zijn zit hem meer in de stilte van onze bovenlichamen. Het past perfect. Onze benen spelen hun eigen spel, maar vanaf onze navels zijn we één. Ik zucht diep, sluit mijn ogen, laat mijn hoofd iets meer rusten tegen zijn rechterwang. Misschien is mijn genot voor iedereen zichtbaar, maar het kan me niet schelen. Alles komt samen, hiervoor ben ik gemaakt, deze dans, zelfs deze nacht hoeft van mij niet op te houden.

Tegen drieën sluit de salon en staan we dan toch buiten. Ik kus Suzanne gedag. Ze kijkt me spottend aan en fluistert me een geweldige nachtrust toe. Ik kijk toe hoe zij afscheid neemt van Sebastian en al zwaaiend op de fiets de verlichte binnenstad in rijdt. Nu zijn we alleen. Ik durf hem niet goed aan te kijken. De nacht mag nog niet voorbij zijn, ik heb zin in zoveel meer. Maar ik moet niet mijn glazen ingooien. Niet te graag willen, daar heb ik zelf ook een bloedhekel aan. Ik wacht dus maar even, haal twee keer diep adem en veeg een denkbeeldig pluisje van mijn been. Gelukkig zet hij de eerste stap. Of we nog iets gaan drinken.

Beet! juicht het in mij. We lopen naar een van de weinige kroegen die tot diep in de nacht open blijven. Het is er absurd druk. Er wordt gebrald en gezongen maar dat maakt niet uit, elk geluid klinkt voor mij nu als volmaakte achtergrondmuziek. Al binnen een minuut na onze bestelling raken we op een houten bankje achter in de kroeg in een eerste tongzoen verzeild. Wie begon, zou ik niet durven zeggen. Blijkbaar zijn we er allebei even erg aan toe.

'Jij gaat met mij mee,' zegt hij als we elkaar minuten later loslaten, 'als je dat wilt.' Zijn grote hand omvat mijn wang en kin. Ik knik braaf. We drinken de port snel op, de alcohol prikkelt in mijn keel. Bijna vergeten we onze tassen met dansschoenen mee te nemen. Buiten is de stilte een verademing.

'Kom,' klinkt het naast me, 'jij gaat met me mee, meisje.' Zonder nog iets te zeggen lopen we naar onze fietsen en maken we de sloten los. Ik rij met hem mee. Hij stopt in de Vogelenbuurt, nog geen vijf minuten fietsen van de binnenstad. Het geluid van zijn sleutels in het slot. Een steile trap met zwarte vloerbedekking. Gefladder in mijn borst, buik en tussen mijn benen. Ik voel me krachtig en begeerlijk. Bijna twee weken is hij in mijn gedachten geweest. Heb ik hier al die tijd op gewacht. Of gehoopt. In ieder geval over gefantaseerd. Nu kan de vervulling beginnen.

De bovenwoning bestaat uit vier kamers, waarvan Sebastian er twee huurt. Zijn huisgenoot is een goede vriend van hem die nu niet thuis is, dus we hebben het rijk alleen. Hij neemt me direct mee naar zijn slaapkamer, waar hij geroutineerd een paar kaarsen aansteekt en me met een handgebaar uitnodigt op bed te gaan liggen. Ik laat me zakken tegen een stapel kussens en leg mijn ene been over het andere. Ik hoor hem rommelen in de keuken. Dan komt hij met water en wijn de kamer in.

'Ga liggen. Proef en geniet.'

Ik neem een slok. IJskoude, mierzoete muskaatwijn. Goddelijk. Om niet zwaar beneveld te raken, drink ik tussendoor het water met grote slokken op. Hoe heerlijk de dessertwijn ook is, ik wil vooral nuchter genoeg blijven om me morgen alles te kunnen herinneren van wat er nu gaat komen. Sebastian neemt een slok wijn en komt met zijn hoofd dicht bij me. Voorzichtig raken zijn lippen de mijne en het volgende moment laat hij wat vocht uit zijn mond ontsnappen. Ik open mijn mond om er zoveel mogelijk van op te vangen. Ik voel een tinteling naar beneden lopen als ik zijn wijn in mijn mond proef. Zo voert hij mij een aantal slokken, likt tussendoor mijn lippen en wangen af. Ik voel zijn tong tegen mijn neusgaten, over mijn kin, in mijn hals.

'Wil je dit?' vraagt hij.

'Ja,' fluister ik. Ik heb een brok in mijn keel.

'Zeg het harder.'

Ik schraap mijn keel, slik de brok met moeite weg.

'Ja!' zeg ik, luider nu. 'Ja, ik wil dit.'

Zijn grote bruine handen zoeken mijn borsten onder de dunne stof. Ik draag er niets onder vanwege de spaghettibandjes van het jurkje. De bandjes glijden als vanzelf van mijn schouders waardoor mijn tepels zichtbaar worden. Zijn duimen wrijven ze zacht wat op. Ik sluit mijn ogen. Weer voel ik schokken naar het binnenste van mijn lichaam trekken. Zijn geur hangt in de hele kamer, een kruidige, koffieachtige eau de parfum gebruikt hij. Die geur heb ik de hele avond al opgesnoven, als een dier dat rondjes draait om zijn prooi en steeds dichterbij komt.

'Wil je dit?' vraagt hij weer, terwijl zijn tong nu traag op en rond mijn tepels natte lijntjes trekt.

'Ja,' zeg ik luid. Geen misverstand mogelijk. Mijn hand streelt zijn harde, stugge haar. Hij komt overeind, trekt zijn overhemd uit, is er naakt onder. Een prachtig bruin lichaam, glad en breedge-schouderd. Ik slik hoorbaar. Zelf lig ik met witte, ontblote borsten voor hem. Hij kijkt naar me, lang genoeg om me onzeker te maken. Zijn rechterhand steunt nu bedachtzaam zijn kin.

'Draai je maar eens voor mij om, meisje.' Gehoorzaam doe ik het. 'Op handen en knieën. Goed zo.'

Ik voel mijn zwarte jurkje soepel langs mijn benen glijden, als een zachte aanraking die me beurtelings streelt en verlaat. Mijn borsten en het grootste deel van mijn rug zijn nu ontbloot, de rest van mijn lichaam is nog bedekt. Soepel trekt hij mijn panty naar beneden, tot hij ter hoogte van mijn knieën blijft hangen, vlak boven mijn laarzen.

'Mag ik je zien?'

Ik voel mijn bloed naar beneden suizen, ik weet dat ik nat moet zijn. Terwijl ik op mijn linkerarm steun, trek ik met mijn rechter-hand langzaam mijn jurk omhoog, totdat hij scheef op mijn billen moet liggen. Ik hannes mijn bordeauxrode slipje onder mijn knie-en en maak mijn rug weer hol. De mooie, donkere jongen kan nu zien wat hij wil. Ik hoor hem diep ademhalen. Het duurt niet lang of ik voel mijn jurk nog verder omhoog gaan en dan zijn handen, twee warme handen die zacht beginnen te kneden. Ik wacht op wat komen gaat, trek mijn rug nog iets holler ter uitnodiging. Hij be-grijpt de hint. Met twee vingers opent hij me iets en direct erna voel ik een vinger binnengaan. Traag, onderzoekend, voorzichtig. Een tweede vinger, een derde. Mijn knieën trillen. Hij komt nu naast me zitten en drukt de muis van zijn andere hand tegen mijn schaamstreek aan. De twee handen maken samen een kommetje waarop ik zit. Dan stopt hij met bewegen, ademt alleen nog in mijn oor.

'Wat wil je, meisje, doe alles wat je wilt.'

Versta ik dit goed? Hij daagt me uit volledig initiatief te nemen. Hij weet dat ik verder wil gaan en hij laat me dat nu zelf doen. Ik ben zo overgeleverd aan de opwinding die hij heeft losgemaakt dat ik mijn gêne laat gaan en zacht begin te bewegen, tegen de muis van zijn hand aan. Zijn vingers in mij voel ik nu ook weer meer. Hij doet verder niets, stelt alleen zijn handen beschikbaar. Zijn mooie, grote handen berijd ik steeds krachtiger, ik doe precies wat ik fijn vind.

'Geef je maar, Mirka. Toe maar, het mag,' fluistert hij in mijn oor. Hij is heel dicht bij me, zit aan me, is in me. Als hij het zo wil, kan hij het krijgen. Waarom niet? Ik wil het zeker. Ik sluit mijn ogen en concentreer me op zijn handen. Voel en hoor zijn warme adem ondertussen in mijn oor. Nog steeds doet hij niet meer dan lichte tegendruk geven. Ik ben het die het tempo bepaalt en de lichamelijke spanning opvoert tot de tintelingen elkaar steeds sneller opvolgen, mijn bekken begint te schokken, mijn ogen samenknijpen en ik een orgasme naar mijn hoofd voel schieten, waar het secondenlang aanhoudt.

Ik gooi mijn hoofd in mijn nek en terwijl ik nog naschok, hoor ik Sebastian zeggen: 'Goed zo. Mooi zo.' Het is alsof hij me heeft ingelijfd en ik in hem mijn meerdere heb gevonden. Vragend kijk ik hem in zijn bruine ogen, hij kust me en geeft me nog een slok water.

'Je bent prachtig,' zegt hij. 'Kom bij me, dan gaan we slapen.'

*V*oor het eerst sinds de ellendige dag vijf maanden geleden dat Ziggy bij mij langskwam en mijn wereld, of beter gezegd, mijn zelf-
beeld, daarop instortte, voel ik me lichter. Ik heb meegezongen, ik heb
gehuild en ik heb haar hand gepakt en vastgehouden, wel een halfuur
lang. HiBiZcus blijkt een geweldige organisatie te zijn waar heel open
gesproken wordt over de moeite die we hebben met het leven en met
onszelf. De herkenning en de vreugde zijn zo groot, dat ik bijna een gevoel van geluk ervaar. De warmte borrelt in mijn borst als ik eraan terugdenk. En hoewel Ziggy's blauwgrijze ogen nog net zo veel droefheid
uitstraalden als anders, lachte haar mond. Ze kneep in mijn hand en
zei hoe fijn ze het vond dat ik er was. Eindelijk heb ik iets terug kunnen
doen. En wie weet vind ik er ook wel mijn rust, net als zij. Maya en
Hannes die de acht uur lange voordracht leidden, leken in één oogopslag te begrijpen hoe het met mij ging. Ik zag geen boosheid of medelijden, maar oprechte belangstelling en pure warmte. Ze vroegen niet
door maar zeiden dat ik altijd welkom was, als ik maar begreep dat de
stappen die zouden volgen, absoluut onder ons moesten blijven. De leden wel te verstaan. Ze lijken ervan uit te gaan dat ik doorzet en ook
lid word.

Hoe raar ook, ik voel me vereerd. Als er één plek is waar ik me volkomen geaccepteerd voel met al mijn fouten en vergissingen, dan is het
wel hier. Ik wil hier zeker meer van ervaren. Direct na afloop zei ik dat
ook tegen Ziggy, die even haar hoofd tegen mijn schouder legde. Ik
schoot vol en kon de brok in mijn keel maar met moeite wegslikken.
Overmorgen is er weer een bijeenkomst en als ik dan kom, moet ik kiezen, zeiden ze. Ik denk dat ik lid ga worden.

Het is vroeg in de stille zondagmiddag wanneer we Sebastians huis verlaten. Ik moet lachen om mezelf in de weerspiegeling van het raam waar we onze fietsen tegenaan hebben gezet: ik draag onder mijn jas een mannenoverhemd, een te grote spijkerbroek, daaronder een flodderige boxershort en aan mijn voeten een paar sokken in maat vijfenveertig, waardoor mijn laarzen bijna uit hun naden barsten. Al met al niet de strakke look van vannacht. Mijn eigen kleren zitten in een plastic zak aan mijn stuur. Zo fietsen we naar een bagelshop waar we cappuccino en bagels met creamcheese bestellen. Verlegen drink ik mijn cappuccino te snel, waardoor ik mij brand. Wat zeg je de dag na de eerste keer? Hoe open durf je te zijn? Zonder de roes van alcohol, die ultieme angstremmer, en zonder de sfeer van muziek en gedimd licht. Resten eyeliner en mascara rond mijn ogen, mijn bijna zwarte haar niet gestyled maar nat van de douche als een woest krullende deken om me heen en in veel te grote kleren waardoor ik mij formaat olifant voel. Maar toch, zijn kleren. Hij had ze ook niet kunnen aanbieden. Het zou niet de eerste keer zijn dat ik 's morgens in mijn uitgaanskleren van de avond ervoor over straat ga, maar nee, Sebastian drong erop aan dat ik zijn kleren zou lenen. Wat toch opgevat kon worden als een positief signaal, want ik moet ze op zijn minst een keer terugbrengen.

'Ik heb niet heel veel tijd, ik ga zo naar een presentatie van mijn moeder,' onderbreekt hij mijn gedachten.

Hij vertelt dat zijn moeder na de scheiding van zijn vader teruggegaan is naar het dorp in Overijssel waar ze is opgegroeid. Daar is ze een dansschool begonnen die verschillende lessen aanbiedt, van stijldansen tot jazzballet en van Argentijnse tango tot streetdance. Sebastian heeft er vele uren doorgebracht, maar sinds hij de Argentijnse tango heeft ontdekt, richt hij zich alleen nog daarop. Alles komt in de tango bij elkaar.

Zijn vader, Carl Francis, is een Afro-Amerikaan uit New Orleans. Zijn ouders hebben elkaar ontmoet toen zijn moeder na haar middelbare school drie maanden met een vriendin door het zuiden van Amerika reisde en zijn vader trompet speelde in een band. Ze werden verliefd en Sebastians moeder kwam pas acht jaar later weer terug naar Nederland, twee kinderen rijker en een illusie armer. Sebastian en zijn zusje Rosalinde waren met hun donkere huidskleur een uitzondering op het overwegend blanke Overijsselse platteland, maar ze hadden met hun lange, atletische lichamen eerder respect dan pesterijen over zich afgeroepen. Daar kan ik mij iets bij voorstellen. Als Rosalinde half zo mooi is als haar broer, krijgt ze een hele schare mannen achter zich aan, vermoed ik. Net zoals Sebastian de aandacht van veel vrouwen trekt, ook bij daglicht. Opeens ben ik blij dat we niet echt seks hebben gehad, zodat we ook niet in de verleiding zijn gekomen om zonder condoom te vrijen. Met hoeveel meisjes heeft hij al niet het bed gedeeld?

Met moeite probeer ik de bagels enigszins elegant op te eten, zonder dat er resten creamcheese rond mijn mond blijven hangen. Twee is te veel, had ik het nou maar bij een broodje gehouden. Ik laat, geheel tegen mijn gewoonte in, een helft op het bord liggen.

Opeens pakt hij mijn hand. 'Ik wil je graag weer zien, Mirka, meisje. Ben je dinsdag in Broers?' vraagt hij terwijl hij zijn duim tussen mijn lippen drukt. Ik zuig er zachtjes op, intussen om mij heen kijkend, bang dat iemand het ziet. Dit gaat te ver, op klaarlichte dag. Maar ik voel de lijntjes alweer door mijn lichaam trekken.

Hij vraagt mijn telefoonnummer zodat hij me kan horen wanneer hij dat wil, al is het via de voicemail. Ik schrijf mijn nummer op een servetje en sta op. Mooi moment om afscheid te nemen, hoewel een stemmetje in mij laat weten dat hij nog lang niet genoeg heeft van deze man. Later oké, later! Ik heb nog een half tentamen te leren. Ik kus hem op zijn wang en mond.

'Het was super. Ik zie je gauw,' mompel ik in zijn oor. Voordat hij nog iets kan zeggen, loop ik snel de zaak uit.

Mijn borst spat bijna uit elkaar van vrolijkheid, op de fiets terug naar huis. De lage septemberzon schijnt in mijn ogen, ik knijp ze onwillekeurig samen. De wind door mijn vochtige haar. Ik rij keihard, heb energie voor tien. Bijna rij ik een oude dame van de fiets die onverwacht linksaf slaat.

'Sorry!' roep ik blij.

Wat een heerlijke nacht.

Jammer dat ik Tom hier niet mee lastig kan vallen. Ik ga hem nu echt niet bellen, nadat hij me overduidelijk niet heeft willen zien afgelopen vrijdag. Wat hij toch met Ziggy aan moet, dat schaap, verbaast me nog steeds. Zou ik het lef hebben hem te vragen wat hij in haar ziet? Ik frons en laat de trappers los. Nee hoor, nu geen zin in. Hij kan ook naar mij toe komen. Dat zou gezien zijn botte gedrag wel zo terecht zijn. Ik hoor het tingelende signaal van mijn mobiel boven het lawaai van een langsrijdende stadsbus uit. Er is een sms binnengekomen. Snel pak ik mijn mobiele telefoon. Sebastian? Nee, van Tom, nee maar.

Ik ben aan de antidepressiva hoor. Liefs, Tom.

Fijn! typ ik al fietsend terug. Ik klap mijn mobiel weer dicht en grijns tevreden. Hij heeft toch naar me geluisterd, mijn lievelingsneef. Gelukkig maar. Ik roep mezelf tot de orde. Vanmiddag zal ik mij eerst een paar uur gaan verdiepen in de verschillende vormen van psychopathologie. Ik loop al achter en donderdag heb ik tentamen. Daarna kan ik altijd Tom nog bellen, als ik dat heel graag wil.

Vastberaden zet ik mijn fiets tegen het hekje voor mijn huis en ga naar binnen, naar mijn kamer, die zich op de begane grond bevindt, links achter aan de lange gang, schuin tegenover de gemeenschappelijke keuken.

In mijn kamer lijkt het alsof er een ontploffing heeft plaatsgevonden. Ik ben vergeten dat ik alle jurken gepast heb voordat ik toch weer bij datzelfde zwarte gevalletje uitkwam, waarin ik negen van de tien keer uitga. Rond mijn bed liggen kleren, sjaaltjes, sieraden en schoenen. Op deze manier kan ik niet leren. Terwijl ik koffie zet in de keuken, besluit ik om Sebastians kleren voorlopig aan te houden zodat ook mijn lichaam de herinnering aan de afgelopen nacht levend houdt. Ik rijg een riem door de lusjes van zijn spijkerbroek en trek hem strak aan, zodat hij niet meer kan afzakken. Alle jurken, rokken en topjes hang ik weer terug in de kast en mijn tafel maak ik in orde met pen, papier, collegeaantekeningen en het twaalfhonderd bladzijden dikke boek over de krochten van de menselijke ziel. Alle overige paperassen en boeken die op en onder de tafel liggen, leg ik op twee stapels in de open stellingkast in de hoek.

Vanaf een plank hoger staren Cindy en Fleur glazig naar mij. Een halve glimlach ligt bevroren op hun gezichtjes, een rilling trekt door me heen. De Cindy-pop, iets groter, ronder en vrouwelijker dan haar Barbie-equivalent, heeft haar vaste plek. Naast haar zit een soortgelijke pop met donker haar, officieel uit de serie Fleur. Allebei hebben ze dezelfde blauwgrijze, nietszeggende ogen en korte haren. Ik maak een grimas en steek mijn tong naar ze uit. Hoe vaak ik ook geprobeerd heb om ze weg te doen, het lukt maar niet. Dat zou verraad zijn, op een of andere manier. Ik mag vooral niet vergeten waar ze voor staan, dus waar ik ook woon, die poppen gaan altijd mee. Ook nu weer, na de derde verhuizing binnen Utrecht, heb ik ze net als altijd opgesteld.

Ik heb overigens geluk met deze kamer, vier bij zes groot, houten vloer, in een topwijk vlak bij het Wilhelminapark en niet ver van universiteitscentrum De Uithof, waar ik de meeste colleges volg. De prijs is er dan ook naar. Ik werk regelmatig bij als receptioniste bij een bouwbedrijf en ook op de universiteit valt af en toe wat te verdienen, door mee te werken aan verschillende onderzoeken.

Ik schenk de koffie in, zet Lucho Collected op, een verzamel-cd van tangosongs, en algauw klinken de eerste tonen van het prachtige Milonga del Angel van Astor Piazzolla door mijn kamer. Ik adem de weemoed diep in en verschans me achter mijn tafel. Boek open, bladzijde 730, persoonlijkheidsstoornissen. Concentratie, aan het werk. Een laatste gedachte aan de handen van Sebastian, ik zucht nog even verlekkerd. Mijn leven zit goed in elkaar, al zeg ik het zelf.

Hannes en Maya drukken iedereen op het hart om geen uitspra-ken te doen over HiBiZcus, want daar kan je de hele organisatie mee in gevaar brengen. Mensen die kwaad willen, kunnen informatie altijd verkeerd uitleggen. Terwijl er zoveel mensen door geholpen wor-den, in binnen- en buitenland. Ze nodigen uit je bedenkingen bij hen neer te leggen, zodat er gezamenlijk over gepraat kan worden. Alleen via leden komen er nieuwe mensen bij.

'Je ziet, niemand doet hier iets tegen zijn zin. Dat is zó belangrijk. Dat zou ik natuurlijk ook niet willen,' zegt Maya. 'Hoe zou ik kunnen willen dat iemand zich gedwongen voelt om hier te zijn of zich ge-dwongen voelt een ander te helpen, dat is toch geen hulp? Dat is afko-pen van schuldgevoel, of handelen uit angst. Laat ik duidelijk zijn: het gaat hier om je eigen innerlijke waarheid... Om kiezen voor wat bij jou past... Als dat betekent dat je hier helemaal niet wilt zijn, dan is dat prima, echt waar. Ik ga voor wat jij wilt, voor wat jou verder brengt, dat is mijn passie. Dus als je voelt dat je hier niet wilt zijn, sta nu dan alsjeblieft op en loop weg... Vergeet ons en kom niet meer terug... Loop deze ruimte uit en ga, ga doen wat bij jou hoort, wat jouw weg is. Je bent er niet minder om, integendeel. Iedereen die voor zijn eigen waarheid gaat, kan rekenen op onze steun. Ik geef je de gelegenheid om nu te gaan als dat voor jou het juiste is om te doen.'

Er valt een lange stilte onder de aanwezige leden, ik schat een man of dertig vanavond. Sommigen kijken vol vertrouwen naar Maya en Hannes, anderen kijken onderzoekend om zich heen, blijkbaar in de verwachting dat er iemand opstaat en de zaal verlaat. Ik vermoed dat dit eerder is gebeurd, maar nu is er niemand die de keuze maakt om weg te gaan en HiBiZcus de rug toe te keren. Ik blijf gespannen zitten en zorg ervoor dat ik niet beweeg of op een andere manier de aandacht op mij vestig. Ik kijk strak voor me uit. Ik weet nog niet goed waar het heen gaat, maar tot nu toe voel ik me hier beter dan thuis, op mijn werk of waar dan ook. Ik ben in ieder geval te nieuwsgierig om weg te gaan. Als Maya nu maar niet naar mij kijkt of iets aan mij vraagt. Want ik kan ook niet vol overtuiging zeggen dat ik tot het einde der tijden hier zal blijven, zo duidelijk zijn ze immers niet. Ik weet alleen dat mijn leven hier weer zinnig lijkt.

In mijn ooghoeken zie ik dat een jongen schuin rechts voor mij zich half omdraait. Kijkt hij naar mij? Ik waag het erop en kijk zijn kant uit. Zijn donkere ogen zijn vol op mij gericht. Hij heeft zwart, steil haar, dunne wenkbrauwen, een spitse neus. Smal gezicht, licht getinte huid. Hij kijkt me vragend aan. Ik durf niet terug te gebaren. Hoe heet hij ook weer? Chris? We hebben de vorige keer even met elkaar gesproken. Hij draait zich terug op hetzelfde moment dat Maya weer begint te spreken.

'Wat ongelooflijk fijn om me bij jullie te weten,' zegt ze diep geroerd. 'Zoveel mensen met wie we dit intieme contact mogen aangaan. Er is geen groter genoegen dan oprecht contact te mogen hebben met jullie... Zulke bijzondere, mooie mensen... Ik nodig je uit om even je ogen te sluiten en je handen gekruist op je borst of buik te leggen, daar waar het voor jou goed voelt.'

Opgelucht doe ik wat ze zegt en voel mijn hart onder mijn handen bonken, een teken dat het inderdaad erg spannend was daarnet. Een spiertje onder mijn oog trilt. Zouden anderen dat kunnen zien? Hoe dan ook, ik ben blij dat ik ben gebleven. Het voelt eenvoudig en liefdevol om hier te zijn en ik zou ook niet weten waar ik op dit moment heen zou hebben moeten gaan als ik in een vlaag van vertwijfeling was opgestaan.

'Richt je aandacht op je ademhaling, waar je die het sterkst voelt... Dit kan in je flanken zijn, in je borst of in je buik... Sommige mensen voelen hun ademhaling het beste bij hun neus, waar de lucht vers naar binnen stroomt. Ook dat is prima...'

Maya's stem klinkt zacht en rustig door de ruimte.

'En stel je nu voor dat je één bent met de ruimte om je heen... Er is geen afscheiding meer tussen jou en de ander... Maak je energieveld groter... Je energieveld loopt door dat van de anderen hier in deze ruimte heen, het wordt zelfs groter dan deze ruimte, groter dan de *boerderij... Stel je voor hoe jouw energie mijlenver over de wereld zweeft, over de hele aarde, en naar boven... door de dampkring heen, het universum in... door zonnen en zonnestelsels heen... Stel je voor dat je de mooiste kleuren ziet... Je wordt opgenomen in het licht... hoger en lichter wordt het nu... Je bent nu één met alles, je bént liefdevolle energie... Dat is wat je in essentie bent, jullie allemaal, je voelt je hart kloppen onder je handen in je lijf. Hier op aarde zitten we vast in dit lichaam, maar je kunt eruit treden en ervaren wat het is om werkelijk één te zijn met het universum... Dan is er geen onderscheid meer tussen ik en jij, tussen goed en slecht, tussen toekomst en verleden... Op het niveau van moleculen is er alleen liefdevolle energie...'*

Zacht klinkt er klassieke muziek. De grijze mist in mijn hoofd trekt langzaam op. Rust in plaats van de steen in mijn maag.

'Weet dat jullie het licht zijn, ook al voelt dat nog lang niet altijd zo... Eens zullen wij dit allemaal ervaren, de één eerder dan de ander... Neem nog even je tijd om terug te komen naar het hier en nu en open dan je ogen... Als het goed voelt, sta je op, loop je rond en kijk je degene die je tegenkomt rustig aan... Ontmoet de liefde in de ogen van de ander.'

Dat lijkt mij heftig. Eng ook. Ik blijf nog maar even met mijn ogen dicht zitten, dat lijkt mij van alle keuzes de meest veilige. Maar als ik steeds meer geschuifel van stoelen hoor, wint mijn nieuwsgierigheid het van mijn ongemakkelijke gevoel en open ik mijn ogen. De meeste mensen lopen al rond en kijken elkaar stil aan. Verlegen word ik ervan maar ik wil niet de enige zijn die blijft zitten en sta gauw op. Gelukkig komt daar die Chris op mij af. Ik kijk in zijn donkere ogen. Zijn mond lacht niet, maar zijn ogen stralen een groot vertrouwen uit. Ik voel me gekend en erkend door hem. Hij buigt zich naar me toe en we omhelzen elkaar, zoals meer mensen om ons heen doen. Hij is ongeveer net zo groot als ik, heeft een pezig lijf. Krachtig pakt hij me vast. God, wat fijn is dit. Ik zucht en tril in zijn armen.

'Met Mirka.'
  'Dag lieverd, met mij.'

Ik had het kunnen weten. Mijn moeder en ik hebben de gewoonte opgevat om elkaar op zondagavond te bellen als we elkaar de hele week niet gezien of gesproken hebben.

'Hallo mam, hoe gaat het daar?'

Mijn vader kijkt op zondag standaard naar voetbal, iets waar mijn moeder zich gedurende dertig jaar huwelijk min of meer bij heeft neergelegd. Telefoneren met haar enige kind geeft haar dan een uitgelezen kans zich minder eenzaam te voelen, iets waar ik best aan wil bijdragen.

'Goed hoor. Z'n gangetje. En met jou? Je studie?'

'Ja, ik ben hard aan het werk. Ik heb donderdag tentamen. Het schiet niet echt op met dit boek, maar het is wel interessant. We zullen wel zien hoe het gaat.'

Het verbaast me hoe zelfverzekerd ik klink. Mijn eerste tentamen, drie jaar geleden, was andere koek. Methoden en technieken heette dat vak en ik begreep er weinig van. Het ging over de basisprincipes van wetenschappelijk onderzoek doen, maar het legde mij net zo lam als aardrijkskunde altijd had gedaan. Twee dagen voor het tentamen belde ik overstuur mijn moeder, die diezelfde dag in totaal wel drie uur met mij aan de telefoon heeft gezeten. Ze probeerde me gerust te stellen en herhaalde keer op keer dat het heus mee zou vallen, dat ik eventueel een hertentamen zou kunnen doen, dat ik eerst moest zien, dan geloven hoe zwaar een universitair tentamen zou zijn, dat multiple choice meer kansen bood dan een gewoon tentamen en dat ik een intelligent meisje was dat dit aan zou moeten kunnen. Typisch mijn moeder. Ten slotte, toen ook dat niet hielp en ik uren later weer hysterisch aan de lijn hing, mijn ogen intussen zo opzwollen dat ik amper nog iets kon zien en mijn borst elke tien seconden bleef schokken, gooide ze het over een andere boeg. Nu niet meer zeuren, niet aanstellen, niet opgeven. Ik moest een kop thee zetten en gewoon beginnen. Als mijn moeder ergens klaar mee is, is dat voor iedereen duidelijk. Even nog wilde ik me onmiddellijk uitschrijven en de hele studie eraan geven, boos en overtuigd als ik was dat zij ongelijk had.

'En laat ik niet merken dat je het opgeeft, Mirka!' Mijn moeders stem had scherp en zelfs geïrriteerd geklonken. Ze kan een onverbiddelijkheid aan de dag leggen die menigeen die op het punt staat iets te doen wat niet door de beugel kan, van gedachten doet veranderen. Het ontnuchterde mij in ieder geval, die dag. Ik hing op na een bedrukt 'Oké dan', en begon opnieuw in dat ellendige boek. Ik schreef over wat vermoedelijk belangrijk kon zijn, onderstreepte kernwoorden, kleurde ze geel. Twee dagen ging ik er mee door, brood etend, koffie drinkend, amper slapend. Ik had mezelf beloofd dat ik dit tentamen ging proberen te halen en dat ik daarna met die hele kutstudie mocht stoppen. Dat was de enige manier om het die twee dagen vol te houden. Hoe ik me voelde tijdens dat eerste tentamen, weet ik niet precies meer, ik had er niet veel vertrouwen in maar ik was al trots op mezelf dat ik gegaan was. Zoiets. Drie weken later waren de cijfers bekend: ik bleek een acht te hebben. Een acht! Het tweede tentamen die week, waarvoor ik veel meer gelezen had en wat ik ook een stuk interessanter vond, leverde een zes op. Onbegrijpelijk. Maar ergens vond ik het wel lekker dat ik minder vat op mijn resultaten bleek te hebben dan mijn gevoel aangaf. Dat bood perspectief. Tot nu toe ben ik nooit meer zo wanhopig geweest als tijdens het studeren voor dat allereerste vak. Zelfs de statistiekvakken jagen mij niet zo de boom in. Een halfuurtje per dag in de laatste week hooguit. Maar niet meer urenlang op de bodem van de wanhoop.

'Zeg, hoe gaat het eigenlijk met de rest van de familie?' begin ik.

'Wat bedoel je?' Mijn moeder klinkt verbaasd.

'Met Ziggy bijvoorbeeld. Of met tante Josje en oom Frank.'

Er valt een stilte aan de andere kant van de lijn.

'Hoezo dat dan? Heb ik iets gemist? Je vraagt nooit naar ze.'

Dat is waar. Als ik ooit de journalistiek in wil, heb ik veel te leren. Onopvallend informatie vergaren is vooralsnog niet één van mijn meest ontwikkelde kanten. Ik heb er niet over nagedacht hoeveel ik mijn moeder wil vertellen. Mijn moeder fungeert als het geweten van mijn vader en mij, het lijkt me het beste om haar niet te zeer in vertrouwen te nemen. Voor je het weet, is de hele familie op de hoogte, woont Tom op zijn zesentwintigste weer bij zijn ouders thuis en is Ziggy alsnog in een internaat met nonnen gepland, als die nog bestaan. Weet ik veel wat ik aan zou zwengelen.

'En noem dat kind toch eens gewoon Sigrid,' zegt mijn moeder geërgerd. 'Je weet hoe tante Josje en oom Frank een hekel hebben aan dat ge-Ziggy.'

'Ze wil het zelf hoor. Als peuter keek ze al niet op of om als je gewoon Sigrid zei,' antwoord ik verontwaardigd.

'Nou ja, ze heeft het ook niet makkelijk gehad, hè? Maar sinds wanneer ben jij geïnteresseerd in hoe het met Sigrid gaat?'

Ik besluit op dit moment wel informatie prijs te geven, anders kom ik wel heel ongeloofwaardig over.

'Ik kwam haar laatst tegen bij Tom.'

'Nou, dan weet je meer dan wij. Jij hebt haar dan het laatst gesproken. Ik weet dat Josje en Frank haar amper nog zien. Niet dat dat hun keuze is, maar Sigrid neemt al tijden afstand. Josje en Frank vinden dat heel moeilijk, maar ze denken dat ze meer bereiken door niet aan te dringen en haar de ruimte te geven.'

Ik weet dat mijn moeder daar het hare van denkt. Ze heeft haar broer Frank vast geadviseerd samen te gaan eten, Ziggy mee op vakantie te nemen, haar wekelijks te bellen of, als dat alles niet helpt, met de hele familie in gezinstherapie te gaan. Frank vindt dat allemaal overdreven. Hij is niet gecharmeerd van het idee om achter zijn eigenwijze, mooie dochter aan te lopen of zijn eigen handelen ter discussie te stellen. Hij besteedt meer aandacht aan zijn eigen bedrijf.

'Je hebt dus verder geen nieuws over haar,' vervolg ik.

'Nee. Moet dat dan? Is er iets aan de hand?'

'Nee, nee. Ze wilde het een en ander weten over sociale geografie. Blijkbaar weet ze niet wat ze wil gaan studeren.'

Ik ga naarstig op zoek naar een ander onderwerp. In plaats van meer informatie over Ziggy en liever nog over Tom, krijg ik alleen maar lastige vragen. Mijn moeder is me voor.

'En hoe gaat het dan met Tom? Zo'n aardige jongen. Ik heb hem ook al lang niet gezien. Heeft hij nu al een relatie?'

'Ik weet het niet precies,' antwoord ik naar waarheid, 'ik heb hem er in ieder geval al een tijdje niet over gehoord. Maar hij is er ook nooit zo open over.'

'O. En jij? Nog nieuwe mannen aan het firmament?'

Hoe graag zou ik haar van Sebastian vertellen. De herinneringen aan de afgelopen nacht zijn niet ver weg.

'Nee, niets serieus.' Dat kan altijd later nog. Eerst zien, dan geloven.

'Nou mam,' zeg ik snel, 'ik ga nog maar even verder hier. Ik moet nog heel veel lezen voor donderdag.'

'Goed dan lieverd, als ik je niet meer spreek, veel succes!'

Ik hang op en zucht. Dat viel weer mee.

We bevinden ons in een ruimte die grenst aan de grote zaal en die Romeins aandoet door de wit gepleisterde muren, waar tientallen gipsen kelken in vormgegeven zijn. Witte, brandende kaarsen steken uit de kelken en zorgen voor een zacht, flikkerend licht. Er klinkt pianomuziek op de achtergrond, niemand zegt iets. Ik lig in een soort bassin van een kleine twintig vierkante meter dat gevuld is met warm water en waarin ik word gewiegd als een klein kind. Hannes houdt me stevig vast, één arm onder mijn nek, één arm rond mijn middel. In zijn greep voel ik me licht als een veer. Ik heb een neusklem opgezet gekregen van groen en wit plastic die mijn neusvleugels dichtknijpt, zodat ik door mijn mond moet ademen. Als ik mijn ogen dicht hou, kan ik me beter concentreren op de trage bewegingen en het warme water dat om mij heen golft. Maar het is ook een vorm van genot om naar het vriendelijke gezicht van Hannes te kijken, die me vasthoudt en door het water leidt, tegen de achtergrond van de kaarsen aan de muur en het ronde, flikkerend verlichte plafond boven me. Bovendien voel ik me dichter bij deze wonderlijke mensen als ik mijn ogen open hou. Het lijkt alsof het dan meer waar is, alsof ik dan pas geloof dat dit me echt gebeurt.

Er komen meer mensen in het bassin, hoor ik. Ik voel het ook aan de stromingen in het water en ik zie ze in mijn ooghoeken. Al mijn zintuigen staan op scherp, op een overweldigende manier. Daar verschijnt het vertrouwde gezicht van Ziggy, haar blonde, steile haren voor de verandering samengebonden in een staart. Haar badpak heeft nagenoeg dezelfde blauwgrijze kleur als haar ogen. Ze strijkt met haar hand over mijn wang en gaat dan achter me staan. Ik voel hoe ze mijn hoofd tussen haar handen neemt en het langzaam begint te masseren. Iemand die ik niet kan zien, kneedt stevig mijn voeten. Ondertussen voel ik om mijn middel nog een paar armen die mijn bovenlijf zacht van links naar rechts sturen, naar voren en terug, alle kanten op. Ik vermoed dat die armen van Chris zijn. Ik zie zijn droeve ogen onafgebroken naar me staren. Het lukt me om me steeds meer te ontspannen. Er komen pauzes in mijn rondtollende gedachtegang. Ik merk dat ik me niet meer druk maak om wat de anderen vinden van mijn in de haast gekochte oranje zwembroek. Een nogal slobberend model naar mijn smaak maar ik had geen tijd om meer winkels af te gaan op zoek naar een strakker exemplaar. Ik voel de zwembroek om me heen zwaaien, als iemand die steeds uit de maat danst. Het ding volgt de stroom waarin ik word geleid steeds een paar seconden later. Ga ik links, is mijn zwembroek nog bezig met rechts en omgekeerd. Ik kan er inwendig om lachen, want wat maakt het in vredesnaam uit, niemand hier is bezig met de kleur of het model van mijn kleding. Ik glimlach met mijn mond open. Wat een bijzondere ervaring; al het oeverloze getob en moedeloos gepieker van de laatste weken verdwijnen naar de achtergrond. Het waterdansen, zoals ze dat hier noemen, zorgt ervoor dat alle narigheid uit je vloeit en dat je langzaam maar zeker opgaat in het collectieve gevoel van saamhorigheid en liefde. Ik adem niet, ik leef niet, ik word geademd en geleefd, het leven stroomt door mij, ik hoef niets zelf te doen.

Wanneer ik een kneepje in mijn linkerschouder voel, weet ik wat er gaat gebeuren. De instructie was helder. Ik sluit mijn ogen en haal diep adem. De handen verplaatsen zich en moeiteloos voeren ze mijn lichaam verder onder water, eerst mijn romp, dan ook mijn hoofd. Mijn lichaam wordt om zijn as gedraaid als een slang, waarna de handen mijn rug omhoog tillen en mijn borst in volle breedte uit het water opkomt, daarna volgt pas mijn hoofd en zakt mijn borst weer terug de warmte in. In één woord goddelijk. Mijn gezicht blijft boven water en ik sta mezelf toe weer adem te halen. Tot mijn stomme verbazing merk ik enige lichamelijke opwinding, wat al in geen weken is gebeurd. Hoe gênant ik dat normaal ook zou vinden, op dit moment is er vooral aangename verbazing. Hoe krijgen ze het voor elkaar om met zulke simpele middelen zoveel innerlijke acceptatie en vrede op te wekken? En zelfs lust? Ik voel weer een kneepje en laat mij opnieuw onder water voeren, ditmaal vol overgave. Afwisselend ben ik boven en onder water. Afwisselend krijgen de verschillende lichaamsdelen *extra aandacht. Massage, nog meer handen. Ik glijd door het water als een vis. Ik adem op het ritme van mijn begeleiders, de kneepjes in mijn schouder volgen elkaar in snel tempo op. De laatste twijfelachtige bezwaren over de vraag of ik hier wel thuishoor, vloeien samen met het warme water en ik verlies alle gevoel voor tijd. Hannes en Maya hebben dit een voorproefje genoemd; ik kan me geen voorstelling maken van het hoofdgerecht.*

WEEK 2

Maandagmiddag drie uur. De hele middag hangen wij, ruim tweehonderd studenten, aan de lippen van Lourens Visser. Hij legt de betekenis van psychopathologie uit: wat voor de meeste mensen niet onder normaal gedrag valt, classificeren we als een stoornis. Maar voor mensen die psychotisch zijn, zijn de dingen die ze zien, horen of denken wel degelijk reëel. En dan kun je hun gedrag in een ander licht zien en is het eigenlijk heel begrijpelijk wat zij doen. Gek is zo gek nog niet. En een psychose is al helemaal geen schreeuw om aandacht. Voor iemand die miljoenen spinnen over de grond ziet kruipen, is het niet meer dan begrijpelijk dat hij alleen nog springend van kussen naar kussen zijn huis durft te verlaten.

Het grote probleem met psychotische mensen, legt de docent uit, is dat medicatie vaak best goed werkt, maar dat de bijwerkingen zo ellendig zijn dat mensen ermee stoppen zodra het beter met ze gaat. Antipsychotica genezen echter niet, ze onderdrukken alleen de symptomen. Dus zodra je stopt kunnen de beelden, stemmen of wanen gemakkelijk weer terugkomen, afhankelijk van de ernst van de stoornis en de hoeveelheid stress in het leven van de patiënt.

Ik spits mijn oren. Geldt dat ook voor antidepressiva? Normaal gesproken durf ik in een zaal met meer dan twintig mensen niet snel mijn mond open te doen, maar dit moet ik weten. Voor Tom. Ik steek mijn hand op, probeer geen aandacht te besteden aan de opkomende blos op mijn wangen en stel mijn vraag zodra de docent mij toeknikt.

Hij doet uit de doeken dat dit per persoon verschilt en niet te voorspellen valt. 'Het komt zelfs een enkele keer voor dat mensen die heel passief zijn en als een zoutzak op de bank hangen, in de eerste weken dat ze antidepressiva gebruiken, zelfmoord plegen.'

Ik schrik me een ongeluk en stoot bijna mijn beker koffie om.

'Wanneer het iets beter gaat,' vervolgt hij, 'kan het schuldgevoel over wat ze andere mensen hebben aangedaan met hun sombere episodes zo krachtig opdoemen, dat ze denken dat hun dierbaren beter af zijn zonder hen. Dit is dus voor sommigen een riskante fase. De omgeving denkt dat het juist beter gaat, en zomaar, voor iedereen onverwacht, maakt iemand er toch een eind aan.'

Ik kijk onthutst naar mijn aantekeningen. Tom... hij is er net mee begonnen, hoe zit het met hem? Moet ik het sms'je van gistermiddag niet als een gevaar zien, in plaats van een goed teken? Ik herinner me mijn zelfgenoegzame reactie. Godsamme. Ik voel dat mijn hele lijf verkrampt. Nog voordat de docent officieel het college beëindigt, sta ik op en verlaat zo onopvallend mogelijk de zaal. Het is bijna vijf uur. Van De Uithof naar het huis van Tom in Lombok, is zeker een halfuur fietsen. Tegen die tijd moet hij thuis kunnen zijn van zijn werk. Ik bel Tom, maar zoals verwacht krijg ik zijn voicemail weer.

'Ik moet je dringend spreken. Ik kom nu naar je toe,' spreek ik in en spring op mijn fiets. Niet dat ik me verheug op een rit naar de andere kant van de stad, maar ik heb geen keus. Ik moet Tom deze nieuwe informatie op zijn minst uitleggen en hem waarschuwen. Bovendien kan het toch al geen kwaad om hem te zien. Mijn kinderachtige reactie op Ziggy heeft ervoor gezorgd dat ik hem dagen aan zijn lot heb overgelaten, maar hij zag er, nu ik eraan terugdenk, ook vrijdagavond als een lijk uit. Mager, bleek. Hoe heb ik kunnen denken dat hij zo gelukkig is met Ziggy? Dacht ik nou werkelijk dat ze opeens de ware in elkaar hadden ontdekt? Waar zat mijn verstand?

Ik bijt op mijn lip en trap stevig door.

Hijgend en verhit rij ik Lombok binnen. De Kanaalstraat met zijn Turkse en Marokkaanse winkeltjes biedt een overvolle aanblik. Kratjes sinaasappels, dozen groenten en rekken sjaals sieren de stoepen. Het fruit ruikt er zoet. Het is druk en lawaaierig.

Nog twee straten moet ik fietsen tot het huis van Tom. Ik neem de bocht en wil al remmen, als ik zie dat er iemand voor zijn deur staat, een jongen, misschien een paar jaar ouder dan ik. Mooie jongen, steil zwart haar. Type Keanu Reeves. In een grijze regenjas staat hij zenuwachtig om zich heen te kijken.

Wat moet ik doen? Naar hem toegaan? Samen wachten tot Tom open doet? Ik fiets vertwijfeld langs hem heen. Ik zie dat hij naar me kijkt en ik draai mijn hoofd in een reflex de andere kant op. Klunzig. Nu kan ik niet meer doen alsof ik ook gewoon aan wil bellen. Als ik meteen weer terugkom, zal dat een rare indruk maken. Geërgerd rij ik de straat uit. Wat doet die vent dan ook op dit tijdstip bij Tom voor de deur? Behalve voor mijn conditie is deze hele tocht voor niets geweest.

Om de hoek stop ik. Ik bel Tom nog een keer en zeg dat ik hem echt graag wil spreken. Moedeloos kijk ik om me heen. Ik kan moeilijk naar zijn werk fietsen, de kans is groot dat hij daar op dit tijdstip allang weg is. Met mijn fiets aan de hand loop ik een paar meter terug tot ik zijn huis weer in beeld krijg. De jongen in de regenjas staat nog steeds voor de deur. Blijkbaar wil hij Tom al net zo graag spreken als ik.

Ik toets het nummer in van Suzanne. Of zij zin heeft in een lasagne bij de Italiaan? Ik heb dringend behoefte aan gezelschap. Misschien weet zij ook wel het een en ander van depressies en medicijnen. Dat zou me niet verbazen.

'En, hoe was hij in bed?' grapt Suzanne meteen. Het duurt even voordat ik doorheb dat ze op Sebastian doelt.

'Kom maar hierheen, ik maak net een maaltijdsalade.'

'Ik ben in Lombok, zal ik een Turks brood meenemen?' vraag ik.

'Prima. Neem dan ook wat dadels en olijven mee. En ik wil zo dadelijk alles horen. Geen details overslaan, hè?'

Ondanks mijn bezorgdheid moet ik lachen.

Uren later kruip ik nog even achter mijn computer. Het was fijn bij Suzanne. Lekker eten, fles wijn erbij, en alles eruit gegooid wat ik haar wilde vertellen.

Suzanne is de perfecte combinatie van harde doelgerichtheid en onvermijdelijke kwetsbaarheid. Ze presteert het om twee studies tegelijk te doen, rechten en sociologie, en om in beide uit te blinken. Ze ziet er vaak uit als een vamp met steil, zwart haar tot op haar schouders en een korte, nogal artistieke pony. Grote, bruine ogen, een lange neus en knalrode lippen. Het grillige litteken dat over haar rechterwang loopt, probeert ze meestal weg te poetsen met een laag vloeibare make-up maar ik vind hem haar schoonheid juist onderstrepen.

Behalve vlijmscherp en buitengewoon slim is Suzanne ook heel trouw. Zo kost het haar de grootste moeite om van haar jeugdliefde af te komen. Vier jaar zijn ze samen geweest voordat het haar lukte om definitief met hem te breken. Hij is volgens haar alles wat je niet wilt: saai, slordig, hangt vooral op de bank voor de televisie en verdomt het om mee te gaan naar feesten, tango, familieweekenden en andere gelegenheden waar Suzanne graag met hem wordt gezien. Het hele eerste jaar heb ik hem in totaal drie keer ontmoet, als hij er echt niet onderuit kon om mee te komen, en meer dan een oppervlakkig praatje zat er nooit in. Niet dat hij moeite heeft gedaan om iemand van haar vrienden te leren kennen. Hij stak zijn desinteresse bepaald niet onder stoelen of banken. 'Ik hou gewoon niet van sociale zaken,' legde hij meermalen uit. Hij had genoeg aan Suzanne. En anders aan zichzelf. In de zomervakantie na het eerste jaar was de kogel eindelijk door de kerk. Hij was het niet en zou het ook niet worden. Sindsdien is ze eindeloos aan het klagen over hem. Ze kan zich niet voorstellen dat een ander meisje het wel bij hem uithoudt. Ik overigens ook niet. Voor zover we weten, komen er ook geen andere meisjes in zijn buurt. Hij besteedt al zijn tijd aan zijn studie informatica en online gaming. Daarnaast zegt hij alleen van Suzanne te houden en is hij niet op zoek naar de eerste de beste die haar kan vervangen. Hij vindt het jammer dat ze weg is maar redt het prima alleen. Onuitstaanbaar irritant vindt Suzanne het dat hij niet meer moeite doet om haar terug te krijgen.

Ik probeer wel eens haar rationele blik op Jelle los te laten, maar dat blijkt onmogelijk. Zo koel en afstandelijk als zij anderen kan fileren, zo irrationeel en emotioneel wordt ze waar het hem betreft. Alleen zijn naam al werkt als een rode lap op een stier. Haar een kwartier laten uitrazen hoe verschrikkelijk hij wel niet is, is noodzakelijk voor haar verwerking, zegt ze zelf. Regelmatig vraagt ze er zelfs om. 'Mag ik even een kwartiertje over Jelle klagen? Ik móét er met iemand over praten.' Welbeschouwd is Suzanne mijn eerste, echte cliënt, denk ik wel eens.

Vanavond duurde het onderwerp Jelle niet langer dan tien minuten. Ze was benieuwder naar mijn vorderingen met Sebastian, verzekerde ze me, en plichtsgetrouw deed ik die uit de doeken. Maar ik vertelde haar vooral over Tom, wat me was opgevallen aan hem en dat ik hem maar niet kon bereiken. Juist het college van vanmiddag had me ongerust gemaakt.

Zij kon zich mijn zorgen om Tom wel voorstellen, maar door het er met haar over te hebben, raakte ik zelf mijn ergste angsten een beetje kwijt. Of misschien was dat vooral aan de alcohol te danken.

Ik google de bijwerkingen van antidepressiva. Achtenveertigduizend webpagina's hebben er iets over te melden. Vrolijk word ik er niet van. Inderdaad lees ik ook hier dat antidepressiva, weliswaar bij een klein percentage gebruikers, de kans op zelfdoding kunnen vergroten. Maar heel veel andere bijwerkingen, van misselijkheid tot erectiestoornissen, gun ik Tom ook niet bepaald. Zonder dat ik veel ben opgeschoten klap ik een halfuur later met een bezwaard gemoed en pijn in mijn buik het scherm dicht. Waar heb ik me nu weer mee bemoeid? Waarom moest ik hem zo nodig aan die pillen helpen? Misschien gaat het daardoor alleen maar slechter met hem. Ik moet het van me af zetten. Tom is een volwassen man. Als ik morgen naar het tangocafé wil gaan en donderdag het tentamen wil halen, kan ik maar beter zorgen dat ik op tijd in bed lig.

Ondanks mijn goede voornemens lig ik twee uur later nog te woelen. *Als u niet kunt slapen, doe dan iets saais wat niet nuttig is,* staat in een boek over oplossingsgerichte psychotherapie. Ten einde raad sta ik op om een stukje over te schrijven uit het telefoonboek. Ik sla het boek willekeurig open bij de letter J. Na een kwartier heb ik het helemaal gehad met alle families De Jong in Utrecht. Ik kruip weer in bed en val prompt in slaap. Waar mijn studie al niet goed voor is.

'*N*atuurlijk weet niemand beter dan ik hoe jullie je voelen... Ik heb zelf jaren op de rand gestaan, twijfelend of ik eraf zou springen of niet. De mensen die van mij hielden, konden hierin niets voor me betekenen, hoe graag ze ook wilden. Ik zag hun pogingen en voelde me net zo machteloos als zij omdat ik hun liefde niet toe kon laten... Ik ben bij psychiaters geweest en bij alternatieve genezers, ik heb mijn chakra's laten lezen en ik heb medicijnen geprobeerd. Maar het gaf mij allemaal niet wat ik nodig had om goed door te kunnen gaan. Tot ik Hannes tegenkwam en hij me met HiBiZcus in aanraking bracht... Ik heb mijn bestemming nu gevonden...'*

Maya stopt even en schenkt een glas water in. Ze legt een hand op haar borst en Hannes knikt haar bemoedigend toe. Het wordt wonderlijk stil in de vierkante ruimte, blijkbaar weten de andere aanwezigen, ongeveer vijfentwintig personen, al wat er gaat komen. Ik voel mijn oksels prikken, het eerste zweet barst uit mijn poriën. Zal ik nu te weten komen over welke stappen Maya en Hannes het eergisteren hadden?

Als Maya verder gaat, klinkt haar stem steeds luider terwijl ze ons om de beurt doordringend aankijkt.

'Hoe moeilijk soms ook, als ik kan bijdragen aan de diepste wens van een ander om zijn reis te beëindigen... en jullie weten hoeveel gesprekken daaraan voorafgaan en hoe overtuigd wij ervan moeten zijn dat dit echt het enige is wat je wilt... dan zijn wij er voor jou. En dan helpen wij je tot het eind... Dan laten we je niet in de steek... We houden je vast, in liefde, en we laten je niet los. We geven niet op, we geven niet toe. Je bent niet alleen...'

Ik zuig mijn adem in, kan niet geloven wat mijn hersens registreren.

Enkele mensen om me heen staan op en beginnen te klappen terwijl de tranen over Maya's wangen lopen. Haar bruine ogen stromen over.

Ik ben met stomheid geslagen en krijg kippenvel over mijn hele lijf. Ziggy knijpt in mijn bezwete hand. Ik durf niet los te laten en knijp terug, alsof ik haar daarmee laat weten dat ik net zo onder de indruk ben als zij. Ik had van alles verwacht, maar niet dit. En tegelijkertijd voelt het als een diepe waarheid. De compassie die Maya uitstraalt, die liefde, hoe raar ik het ook van mezelf vind: ik begrijp haar. Sterker nog, ik zou willen dat ik zo sterk was als zij. Een golf van schaamte komt op omdat ik niet weet of ik haar keuze zou kunnen maken, nee, zou durven maken. Ik ben een angsthaas. Ik durf mijn lieve, prachtige ouders niet eens te vertellen wat ik werkelijk ben, waar ik mee rondloop, al jaren. Zelfs Mirka niet.

Ik heb Ziggy in de steek gelaten en niet eens in de gaten gehad wat ik haar daarmee heb aangedaan. En nu zit ik in een bijgebouw van een boerderij en luister naar het diepste hartzeer van een krachtige vrouw als Maya. Het zweet loopt in straaltjes langs mijn rug.

'Jullie weten, of nee, Tom weet dat natuurlijk nog niet,' zegt Hannes – ik schrik nog meer als ik mijn naam hoor noemen, maar hij glimlacht me vriendelijk toe – 'dat je altijd zelf kunt kiezen of je wilt begeleiden of niet. Het is een vraag van degene die de diepte in wil en als er niet genoeg mensen zijn die een overtuigd ja voelen, dan houdt het op dat moment voor de vrager op. En zal hij moeten wachten op een nieuwe kans. Misschien zijn we niet overtuigd, misschien is er een persoonlijke reden van jullie kant om niet te kunnen of willen helpen. We kunnen niemand dwingen. Dat willen we niet en zullen we ook nooit doen. Is dat voor iedereen helder?'

Iedereen knikt gretig. Ook ik knik verlegen mee. Blijkbaar is Hannes' speech afgelopen, hij loopt naar achteren en schenkt een aantal glazen in. Mensen beginnen op hun stoel te schuiven en kloppen elkaar vriendelijk op de schouder. Ook Maya lijkt intussen te zijn bijgekomen van haar emotionele toespraak en loopt naar de geluidsinstallatie.

The Rose van Bette Middler klinkt keihard door de speakers terwijl Hannes met een blad glühwein rondgaat. De mensen om me heen beginnen met elkaar te praten of zingen zachtjes mee. Ik giet de warme drank in mijn keel, brand daarbij mijn verhemelte en kijk naar Ziggy. Ze glimlacht raadselachtig.

'Wil je begeleider worden?' vraagt ze.

'Ben jij het?'

Ze knikt. 'Ik heb nog nooit iets gedaan wat zo vervullend is geweest,' zegt ze. Even denkt ze na en fluistert dan: 'Over niet al te lange tijd, als ik er echt klaar voor ben, wil ik zelf ook de diepte in.'

De kaartjes liggen voor me uitgestald op de houten vloer. Suzanne zit tegenover mij op een kussen. Ze heeft een nieuw setje gelukskaarten meegenomen, een andere gezamenlijke hobby van ons. Van de zestig kaarten mag je er tien uitkiezen. Goed bekijken, even bij stilstaan, vervolgens een stapeltje van maken en er blind drie trekken. Liefde, ontspanning en creativiteit blijven over. Volgens de uitleg zou ik op die woorden moeten mediteren. Dan komt het allemaal goed. Ik grijns.

Suzanne houdt schoonheid, spiritualiteit en vriendschap over, ook niet slecht. Ze ziet er inderdaad betoverend mooi uit. Een glimmende jurk in oudroze en zwart, afgezet met lovertjes en ruches, aan de voorkant tot op de knie, aan de achterkant uitlopend tot halverwege haar kuit. Een echte tangojurk, je hebt er genoeg ruimte in om te draaien of gancho's te maken. En Suzanne heeft een paar benen die er mogen zijn.

De fles rode wijn staat naast ons. Ik schenk ons bij. Nog een halfuur, dan begint in café Broers de tangomuziek, zoals elke dinsdagavond. Ik zit enigszins ingepakt op de grond met mijn benen schuin onder me in een rood, nogal strak jurkje. Vanochtend kreeg ik een sms van Sebastian: *Trek iets roods aan vanavond.* Meer stond er niet. Als ik eraan denk, voel ik de spiertjes in mijn gezicht al samentrekken en mijn neusvleugels opengaan. Iets roods. Dat kon van alles zijn: een kanten hemdje, panty, jurk, slipje? Wel zo handig om iets te kiezen wat direct opvalt, zodat hij onmiddellijk ziet dat ik aan zijn verzoek heb voldaan. En waarom ook niet? Bevelen opvolgen van een aantrekkelijke man geeft geen beroerd gevoel, daar kan ik eigenlijk wel een nieuwe hobby van maken. Toch vraag ik me ook af hoe hij zou kijken als ik geen gehoor zou geven aan zijn verzoek. Zou hij kwaad worden, me straffen, me negeren? Zou hij zo boos worden dat het helemaal over is? Alleen maar met vrouwen gaan dansen die wel iets roods aan hebben? Mij vervolgens laten smeken om een blijk van toenadering zodra ik dan toch iets roods had bemachtigd, al was het maar een strik die ik bij iemand anders woest uit het haar had getrokken?

Ik vind het nu nog te spannend om de proef op de som te nemen. Bovendien hoefde ik mijn kledingkast niet overhoop te halen; ik heb maar één rode jurk. Het is een strak model tot iets over de knie, met een split schuin voor. Ook een prima tangojurk; je kan er letterlijk alle kanten mee op zonder eruit te scheuren. Een zwarte bolero maakt het geheel af. Die kan altijd nog uit als het te warm wordt.

'Laten we nog een vraag doen uit het spel van vorige week,' stelt Suzanne voor. De Gypsy-gelukskaarten zijn erg grappig, vind ik ook, dus haal ik het glanzende, blauwgroene doosje tevoorschijn. Suzanne hoopt bevestigd te krijgen dat ze schathemeltjerijk zal worden, al is ze daar nu al ernstig van overtuigd. Ik schud de kaarten, steek ze in de waaiervorm, hou ze plechtig vast en nodig haar uit er één te trekken. Schoppen aas. In het bijbehorende boekje kijk ik wat daar de betekenis van is.

'In de horeca zou je succesvol kunnen zijn,' lees ik lachend voor.

Haar gezicht betrekt. 'Nee hè, dat is niks voor mij. Nog een keer?'

Voor ik het weet, trekt ze een andere kaart uit mijn hand, harten-negen.

Ik schater het nu uit. '"Geld verdwijnt bij jou als sneeuw voor de zon", staat er.'

Suzanne moet nu ook lachen. 'Dat is helemaal waar. Dit is niet mijn dag. Nu jij.'

Ik kies voor de vraag waar ik zal komen te wonen. Schoppenheer leidt tot 'Je hebt zwerversbloed'. Wat moet ik daar nu weer van denken? Ik vind dat ik net als Suzanne recht heb op een tweede kaart.

'In hotels', krijg ik nu. Dat bevalt me een stuk beter. Ik zie een artiestenbestaan al voor me. Niet dat ik ergens in uitblink, maar misschien weet ik het zelf nog niet en heb ik toch onvermoede talenten. In ieder geval kun je je hier meer op verheugen dan op een zwerversbestaan. En ach, het leven in hotels is eigenlijk zoiets als een luxe zwerversbestaan. Op deze manier komen de twee kaarten weer samen en klopt de uitkomst toch.

'Ja ja,' bromt Suzanne, 'zo kun je alles wel in je straatje praten.'

Ik grinnik. 'Kom, we gaan.'

We stiften onze lippen en spuiten nog wat parfum op. Kurk op de wijnfles, muziek en lichten uit, jassen aan. *Tango, here we come.*

Al buiten café Broers klinken de melancholische tonen van de bandoneon. In één tango van vijf minuten kun je een hele liefdesgeschiedenis beleven, van het romantische begin tot het droevige einde, wanneer een van beiden op reis gaat en niet meer terugkomt, ziek wordt of gewoon doodgaat. Hoeveel moeilijker is het om de liefde langdurig te blijven voelen zonder dramatische wendingen als ziekte en dood? En wat voor muziek zou je dáárvoor nodig hebben?

Voor de tango worden tafels en stoelen weggehaald zodat er een dansvloer ontstaat.

Sebastian is er al. Voor de tango worden tafels en stoelen weggehaald zodat er een dansvloer ontstaat. Hij danst met een blonde vrouw die ik nog niet eerder heb gezien. Mijn buik reageert onmiddellijk maar godsamme, hij mag toch wel met iemand anders dansen? Ik hoef toch niet nu al jaloers te zijn?

Ik dwing mezelf om minzaam glimlachend rond te kijken en doe alsof ik bijzonder geïnteresseerd ben in de grote, verlichte bar met wel honderden flessen en glazen tegende achterwand. Suzanne trekt me mee naar een van de zitjes met uitzicht op de vloer. Zo groot is het er niet, ik kan hem niet langer ontwijken en moet aanzien hoe de blondine zich theatraal aan hem vastklampt. Stuitend, misselijkmakend bijna.

Sebastian heeft me al snel in de gaten en geeft me een vette knipoog. Ik zucht van opluchting, trek mijn dansschoenen aan en bestel twee wodka-jus aan de bar.

'Lekker,' zegt Suzanne. Ook zij wisselt haar schoenen.

We kijken naar de stellen die voor ons dansen, genieten van de muziek en de drankjes. Eindelijk komt Sebastian naar ons toe.

'Twee prachtige vrouwen.'

Hij kust ons.

'Geweldig om je te zien,' zegt hij zacht in mijn oor.

Meer, meer! roep ik in gedachten.

'Mooie jurk heb je aan,' voegt hij eraan toe.

Ik bloos en slik. Ik lijk verdorie wel een mak schaap, een die dat nog fijn vindt ook.

Sebastian blijft me glimlachend aankijken. Ik hou ervan als mijn meisjes doen wat ik zeg, lijkt zijn blik te zeggen.

Ik slik weer, is mijn keel nu zo droog? Snel drink ik mijn glas wodka-jus leeg.

'Zullen we dansen?'

Hij leidt me de vloer op. Ik snuif zijn koffieparfum op, leg mijn hand in de zijne en vlij mijn bovenlijf verleidelijk tegen zijn borst aan. Even blijven we zo staan, onbeweeglijk, en ik laaf me aan zijn warmte. Hij verplaatst zijn evenwicht van links naar rechts, in het ritme van de tango, en ik volg hem tot we precies tegelijk dezelfde cadans hebben, dan geeft hij krachtig de eerste echte pas aan, hij met zijn rechtervoet naar voren, ik met de linker naar achter, daar gaan we. De muziek van Fernandez Fierro voert ons naar een ander niveau van samenzijn, waar ik me begeerlijk en heel krachtig voel. Ik concentreer me op de cirkel die onze bovenlijven en armen maken, hou Sebastian stevig vast, breng mijn gewicht naar voren en geef zo de nodige tegendruk. Hoeveel draaien hij me ook laat maken, in achtjes voor hem uit en zigzaggend om hem heen, ik zorg ervoor dat mijn bovenlijf naar hem toegekeerd blijft, de cirkel blijft intact. Het vraagt opperste concentratie om scherp op alle danstechnieken te letten en me tegelijkertijd over te geven aan de intimiteit van onze lichamen, de warmte, aanraking en ademhaling. Tango biedt geen enkele ruimte om met iets anders bezig te zijn. Ronduit verrukkelijk.

Uren later fietsen we naar huis. Ditmaal het mijne.

'Ik wil weten waar je woont,' had hij gezegd, 'ik wil je huis zien, je boeken, je bed, je kleren. Ik wil alles van je weten. En ik wil je voelen, van top tot teen, met huid en haar.'

Ik maak mijn fiets vast aan het hekje, hij de zijne aan mijn fiets. Hij slaat zijn lange armen om me heen en we zoenen langdurig, daar voor mijn deur. Het is een uur of twee. Een huisgenoot groet ons vrolijk bij het naar binnen gaan. Niet eens gegeneerd groet ik vriendelijk terug. Ik ben zo op mijn plek bij deze donkere jongen. Zijn volle lippen zuigen mijn tong naar binnen. Met een kreun trek ik zijn overhemd uit zijn broek, zodat ik hem met mijn handen op zijn dampende rug nog dichter tegen mij aan kan trekken.

'Mirka, meisje, laten we naar binnen gaan.'

In mijn kamer steek ik drie kaarsen aan. Ik pak vier glazen en vul een fles met water, de fles wijn is nog halfvol. Sebastian schenkt twee glazen in en gaat op mijn bed zitten, met zijn rug tegen de muur.

'Kom eens bij me.'

Ik ga naast hem zitten. Hij manoeuvreert mij in de positie dat ik met mijn rug tegen hem aan lig en hij zijn armen om mijn middel kan slaan, zijn grote handen gekruist over mijn buik. 'Wat voelt het goed met jou,' fluistert hij in mijn oor. 'Het lijkt net alsof alles vanzelf gaat. Voor mij dan. Ik wil heel graag weten hoe het voor jou is.'

Ik hou mijn adem in, dit had ik niet verwacht. Het ene moment staan we hartstochtelijk te zoenen en nu dit. Het lijkt een halve liefdesverklaring. Zou hij echt al zover zijn? Egostrelend natuurlijk, dat dan weer wel, maar het gaat allemaal toch ook erg snel. Daar ben ik geloof ik nog niet aan toe, dus hoe krijg ik hem op een ander onderwerp? 'Hoe oud ben je eigenlijk?' vraag ik.

'Drieëntwintig. Maar daar hadden we het niet over.'

Ik draai me los uit zijn armen, ga op mijn knieën naast hem zitten, neem zijn gezicht in mijn handen, kijk kort in zijn donkere ogen en kus hem op zijn mond. Ik probeer er het vuur in te leggen dat zo-even, buiten, vanzelf oplaaide, maar hij trekt zich terug en pakt mijn handen.

'Mirka, ik vraag je iets.'

Ik durf hem amper aan te kijken. Waar ben ik bang voor?

'Ik weet het niet. Ik vind het heerlijk bij je. Wat wil je dat ik zeg?'

Hij kijkt me strak aan. 'Hoe serieus dit voor je is. Ik. Wij. Ik wil weten wat jij met me wilt.'

En jij dan? vraag ik me zenuwachtig af. Wat wil jij? Maar waarom ben ik nu zo kinderachtig dat ik dat eerst van hem wil horen? Waarom kan ik niet gewoon zeggen hoe het zit? Dat ik me fantastisch voel bij hem?

'Waarom is dat zo belangrijk voor je?' vraag ik laf.

Sebastian zucht. Hij draait zijn hoofd weg. Neemt om en om slokjes wijn en water. Kijkt me dan weer aan, ernstig, donker, bijna droevig.

'Ik wil niet dat je iets doet waar je spijt van krijgt. Ik weet heel goed wat ik wil met jou. En ik wil geen gelazer achteraf. Dus verwacht ik van je dat je eerlijk bent, vooral als iets je niet zint.'

Ik begrijp er niets van. Hoezo zou ik niet eerlijk zijn? En wat bedoelt hij in vredesnaam met gelazer achteraf?

Dan krijg ik een ingeving en direct daarop een wee gevoel in mijn maag. 'Wat wil je nou zeggen? Ben je soms into sm of zo?' vraag ik voorzichtig.

Hij schiet in de lach. Een klaterend geluid na die vreemde spanning. 'Een tik op die lekkere kont van je zie ik wel zitten, maar verder ga ik niet, nee. Hoe kom je daar nu bij?'

Ik ben blij dat hij lacht en doe opgelucht mee. De spanning lijkt gebroken. Weer zoek ik zijn mond, en dit keer wijst hij me niet af. Ik druk me tegen hem aan, strengel mijn benen om de zijne, een golf van geilheid trekt door mijn lichaam.

'Ik wil jou, Sebastian,' zucht ik. 'Ik wil met je vrijen, ik wil je voelen. Alles wil ik.'

Hij draait me om zodat hij boven op me komt te liggen.

'Je weet het zeker?' vraagt hij.

'Ja.'

Zonder zijn blik van me af te wenden trekt hij zijn overhemd uit. De klik van zijn riem. De plof van zijn broek op de grond. Het schuivende geluid van mijn panty. Pok. Eén laars. Pok. De andere. Mijn rode jurk omhoog. Het geritsel van een condoom. Top van hem, oordeel ik. Ik kan mijn ogen niet van hem afhouden. Mijn verlangen hem in me te voelen moet wel zichtbaar zijn voor hem.

'Ik wil jou, Mirka, meisje,' zegt hij rustig, terwijl we elkaar blijven aankijken en ik zijn lid bij mij naar binnen voel dringen, 'ik wil je bezitten. Ik wil dat je van mij bent.' Traag beweegt hij op en neer. De tranen schieten in zijn ogen, ik ben verbaasd en ontroerd. En geil. Mijn handen omklemmen zijn bovenarmen. Mijn voeten op zijn billen duwen hem dieper in me. Hij kust me, hangt boven me, kust me weer. En al die tijd blijven we elkaar aankijken en zie ik de droeve uitdrukking in zijn blik. Plotseling trekt hij zich terug.

'Ik wil je op handen en knieën.'

Ik draai me om, geen moment aarzelend. Pats. De klap komt onverwacht. Oef, wat lekker. Ik kreun. Een moment later vult hij me weer. Tergend langzaam gaat het nu. Een hand zachtjes over mijn rug, een hand strelend over mijn dikke, losse haar. Ik sluit mijn ogen. Hij neemt mijn haar in een soort staart en trekt er zachtjes aan zodat mijn gezicht omhoog, naar het plafond beweegt. Ik geef me volslagen aan hem over, mijn knieën en armen trillen.

'Zeg dat je van mij bent.'

'Ik ben van jou.'

'Nog een keer.'

'Van jou. Ik ben van jou.'

Alles zou ik zeggen, als hij maar niet ophoudt. Ik merk dat mijn opwinding alleen maar toeneemt door me zo openlijk uit te spreken.

'Zeg dat je me wil.'

Weer zeg ik het. 'Ik wil je.'

'Nog een keer.'

'Jou, ik wil jou.'

'Goed zo, meisje.'

Opnieuw trekt hij zich terug en gaat naast me liggen. 'Kom op mij zitten.' Gehoorzaam doe ik wat hij me opdraagt en begin zacht te bewegen. Mijn rode jurk die ik tot op mijn middel had opgetrokken, trek ik nu helemaal uit. Sebastian legt zijn handen afwisselend op mijn borsten en op mijn billen.

'Geef je, schat, toe maar,' fluistert hij na een tijdje terwijl hij me met zijn grote ogen strak aankijkt. Ik druk me tegen hem aan, kreun, fluister, duw mijn tong in zijn oor en voel al die tijd zijn warme lijf tegen me aan, in me, zijn handen op mijn billen. En dan, eindelijk, vloeit de warmte naar mijn hoofd, knijp ik mijn ogen dicht, word ik stil, mijn handen grijpen zijn schouders en ik begin te schokken, het komt uit mijn tenen, mijn hoofd tolt.

Hij stoot moeizaam iets uit wat ik niet versta en neemt me in een soort houdgreep, nog dichter tegen zich aan geklemd.

Wat zou ik van deze man kunnen houden.

Ik kan niet ontkennen dat ik van slag ben. Mijn vingers trillen, ik heb me al drie dagen niet geschoren, ik heb me ziek gemeld op mijn werk en ik leef op koffie en droge crackers. Iets anders hou ik trouwens ook niet binnen. De laatste keer dat ik iets warms probeerde te eten, een magnetronhap met zalm en broccoli, kwam dat er net zo snel weer uit. Mijn kleren slobberen om mijn lijf. Ik ril van de kou en de spanning. Moet ik begeleider worden? Ik herlees voor de zoveelste keer een afscheidsbrief van een HiBiZcus-lid die er niet om liegt.

'Lieve Maya, Hannes en alle anderen die mij hebben geholpen mij te verlossen van mijn pijn. Jullie lezen dit als ik de laatste reis al gemaakt heb. Ik wou dat ik meer kon vertellen over hoe het is als jullie dit lezen, maar ik ben er vrij zeker van dat een groot aantal van jullie mijn pad spoedig zal volgen en het zelf zal ervaren. Ik wil jullie danken en eren in deze brief. Jullie waren mijn trouwe vrienden, mijn innige kameraden in de laatste fase van mijn leven.

Dankzij jullie voelde ik mij meer waard dan in de vijfendertig jaar die aan dit moment voorafgingen en ik wil hiervoor mijn oprechte dank uitspreken.

Jullie hebben de top gerealiseerd voor een verliezer als ik. Dat jullie die gok hebben gewaagd en het grootst denkbare risico voor mij hebben willen nemen, heeft mij diep geraakt. Weet dat jullie het goede hebben gedaan. Twijfel daar nooit over. Alleen had ik het niet gekund. Waar ik nu ben, is het goed, dat weet ik zeker. Ik hoop jullie snel weer te ontmoeten, ik maak een diepe, diepe buiging voor jullie allemaal, speciaal voor de begeleiders op mijn laatste avond en voor Maya en Hannes in het bijzonder.

Ik dank de hemel dat ik jullie allen heb leren kennen; doordat ik in de laatste fase zoveel herkenning en contact heb ervaren, heeft mijn *matige leven toch nog zin en waarde gekregen. Vergeet dat alsjeblieft nooit.*

Ik rust in vrede, en ik wens jullie hetzelfde.

Liefs van Tim.'

Op het andere vel papier staat de tekst van Hannes en Maya. De woorden zijn in donkerpaars gedrukt.

'Onze Tim is niet meer. Hij had de moed en de kracht om zijn laatste weg te gaan. Het was de enige mogelijkheid voor hem. Zijn Innerlijk Weten liet hem niet in de steek. Wij steunen hem in zijn besluit en verklaren hem zuiver. Moge zijn vertrouwen een voorbeeld zijn voor ieder die weet dat hij een belangrijk pad dient te gaan, zijn eigen persoonlijke pad, welke kant dat ook op gaat. Dien altijd je Innerlijke Weg.'

Mijn handen trillen zo dat de A4'tjes op de grond vallen. Tim verschilt maar één letter van Tom. Ik weet nu dat de hoofdletters in HiBiZcus staan voor Hulp Bij Zelfdoding. De betekenis van de bloem hibiscus is zeldzame schoonheid.

Ik twijfel geen moment aan de goede bedoelingen van Hannes en Maya, ik heb nog nooit twee mensen ontmoet die zo transparant zijn in hun woorden en daden als zij, vaak grijpen de verhalen van de leden ook hen naar de keel, maar is dit wat ik moet doen? Is dit mijn weg? Wat zegt mijn Innerlijk Weten?

De woorden schreeuwen zo hard in mijn hoofd dat ik vrees ze hardop te hebben uitgebracht. Maar wanneer ik opkijk, is het stil en leeg om me heen. De telefoon ligt eruit, er is een paar maal aan de deur gebeld, maar ik durf niemand te woord te staan. Ziggy niet, niemand van HiBiZcus, en zeker Mirka niet. Lieve, onschuldige Mirka, die van niets weet.

We liggen lepeltje-lepeltje, het dekbed over ons heen. Sebastian murmelt in mijn oor hoe mooi en lief ik ben. Ik heb de wekker gezet, het is half negen. Ik vraag me af hoe laat hij moet beginnen. Sterker nog, ik weet niet eens wat voor werk hij doet. Misschien studeert hij ook wel, net als ik.

'Hoe laat moet je op?' vraag ik.

'Nu. Ik moet er zo vandoor. Om één uur heb ik een bijeenkomst waar ik bij wil zijn. Die gaat voor alles. Het is een soort meditatiegroep waarin je leert wat werkelijk belangrijk voor je is. Terug naar de bron, zeg maar. Er zijn dingen voorgevallen waar ik niet trots op ben, dat vertel ik je allemaal nog wel, maar dit is voor mij een manier om met mezelf in het reine te komen. En voor die tijd wil ik nog wat werken.' Hij stapt uit bed en zoekt zijn kleren bij elkaar.

Ik ga rechtop zitten, klaarwakker opeens. Wat zei hij daar? Waar is hij niet trots op? Alle alarmbellen slaan aan. Wat kan hij hebben gedaan dat hij het nodig vindt om zijn vrije tijd door te brengen in een soort Anonieme Meditatiegroep?

'En dus, Mirka, meisje, ga ik er nu snel vandoor. Als je wilt, maak ik vanavond mijn befaamde gumbo voor je, creoolse maaltijdsoep. Laat even weten of je er tijd voor hebt.'

Hij is zijn kleren al aan het aantrekken en heeft duidelijk haast. Ik bedwing mijn nieuwsgierigheid, dit lijkt me niet het goede moment om uitgebreid door te vragen. En weet ik wel zeker dat ik het wil weten? Dat kun je natuurlijk pas beoordelen als je weet waarover je het hebt, zeurt het in mijn hoofd. De rationele opvoeding van mijn moeder dringt zich op de meest ongelegen momenten op.

'Wil je echt geen koffie? Ik heb het zo gemaakt,' probeer ik tijd te rekken.

'Nee, liefje, ik moet een offerte de deur uit hebben. Vanavond heb ik alle tijd voor je.'

Een offerte. Oké, klinkt belangrijk. Hij komt nog één keer op bed zitten, neemt mijn wijsvinger in zijn mond en zuigt er zachtjes op. Mijn lichaam reageert direct, elektrische stroompjes door mijn buik en een kittelend gevoel tussen mijn benen.

'Dag schoonheid, tot heel gauw,' zegt hij zachtjes, terwijl hij me onderzoekend aankijkt. Hij wijst op zichzelf en dan op mij, mimet iets als 'Ik wil jou' en weer voel ik me volkomen week worden. Ik kan me niet voorstellen dat het echt heel erg is wat hij heeft gedaan. Dat kan gewoon niet waar zijn.

Ik zit in een prettig ritme. Natuurlijk lukt het niet om alle twaalf-honderd bladzijden te lezen en ik besluit om dat ook niet meer te willen. Het is beter om mijn uittreksels en college-aantekeningen nog eens goed door te nemen en een paar proeftentamens te maken. Ik ben vastbesloten ervoor te zorgen dat ik zonder stress naar Sebastian kan gaan, vanavond. Hij heeft aangekondigd voor mij te gaan koken en dat sla ik zeker niet af.

Het geluid van een stapel post op de deurmat grijp ik aan om een pauze in te lassen. Tot mijn stomme verbazing zit er een brief bij van Ziggy. Snel maak ik hem open.

Hi Mirka,
Ik wil je graag spreken over een organisatie waar ik zelf veel aan heb. Ik hoop dat je hun doel wilt steunen. Tom is er ook bij. Leuk om je te zien laatst.
Bel me even.
Ziggy

Waar slaat dit op? Waar heeft ze het over, en wat doet Tom in die 'organisatie'? Ik heb helemaal geen zin om weer met Ziggy geconfronteerd te worden. Als kind heeft ze een aantal malen bij ons in huis gewoond omdat haar moeder steeds geopereerd moest worden, iets met gezwellen en een pen in haar rug. Ik was toen een jaar of zes en vond het maar niets, zo'n klein hoogblond nichtje de hele dag over de vloer. Dat kind was zo stralend mooi dat ze als baby al ingeschreven stond bij een castingbureau. Ze trad op in reclame-spots en een jaar lang hing ze voor het raam bij alle Hema's van Nederland. Iedere dag zag ik daar dat blije gezicht, ik werd er spuug-chagrijnig van.

Op een keer was mijn moeder met ons allebei naar een foto-shoot gegaan. 'En wie van jullie twee is de kleine Sigrid?' had die kerel gevraagd, om er direct schaterend achteraan te vermelden: 'O, dat is wel duidelijk, dat had ik niet hoeven vragen.' Diep beledigd had ik me omgedraaid en was weggelopen. Mijn moeder probeerde de situatie nog te redden door te vragen of ik dan op z'n minst ook een keer op de foto mocht, maar dat was mijn eer te na. Ik heb de hele middag buiten op een muur zitten wachten, met een brok in mijn keel, terwijl ik de onafgebroken opkomende tranen dapper bleef wegknipperen.

Ook opmerkingen dat wij niet erg op elkaar leken, vond ik pijnlijk. 'Dat jullie familie zijn, dat zou je toch niet zeggen.' En: 'Wat is jouw nichtje een lief meisje, en zo bijzonder!' Jong en oud, man en vrouw, iedereen vond haar blijkbaar het achtste wereldwonder. Totaal vreemde mensen wilden met haar op de foto. We zaten op dezelfde basisschool, ik kwam haar overal tegen. Mijn moeder had erg met haar te doen omdat Ziggy's moeder, tante Josje, door die operaties een tijdlang zo weinig beschikbaar was en haar man, oom Frank, altijd werkte. Dus vond mijn moeder het de normaalste zaak van de wereld dat Ziggy dan bij ons kwam. Als ik klaagde dat ze mijn speelgoed kapotmaakte, zei mijn moeder steevast dat ik zelf ook klein was geweest en niet zo kinderachtig moest doen. 'Als je zo jaloers blijft, wil niemand met je spelen,' zei ze om de haverklap. Ik was altijd blij als Ziggy weer ging. De enige die mij voor vol aanzag en niet onder de indruk van haar leek, was Tom. En juist hij lijkt alsnog door haar betoverd te zijn. Onuitstaanbaar.

En nu schrijft ze mij, wat moet ik daarmee? Ik was juist zo blij dat ik niets meer met haar te maken heb. Na de basisschool zijn ze verhuisd naar een andere stad. Alleen op familiefeestjes en begrafenissen zie ik haar en dat is meer dan genoeg. Zelfs huilend tijdens een crematie is dat kind een schoonheid.

Mannen verdringen zich om haar, hoewel ze bij mijn weten niet veel vriendjes heeft. Daar ben ik dan weer anders in. Rond mijn vijftiende ontdekte ik dat ik er nou ook weer niet zó slecht uitzag, en ik haalde de schade in. Iedereen die mij positieve aandacht gaf, kon rekenen op mijn belangstelling. Ik ging op zumba en pilates, lette beter op mijn houding nu ik de lucht in schoot: mijn rug recht, schouders naar achteren en mijn kruin het hoogste punt. Ik wilde niet langer op een jongen lijken. Mijn donkere haren liet ik groeien, mijn wenkbrauwen epileer ik sinds die tijd zorgvuldig. Met make-up weet ik mijn gezicht een stuk vrouwelijker te maken. De natuurlijke bleekheid van mijn huid poets ik weg met wat rouge. Mijn ogen zet ik flink aan met eyeliner en mascara. Afhankelijk van de gelegenheid stift ik mijn volle lippen donker- of knalrood. Misschien ben ik dan wel niet zo mooi en tenger als Ziggy, maar ik zie er wel opvallend en uitdagend uit. Geen lelijk eendje meer, eerder een zwaan, kunstmatig opgepoetst weliswaar, maar toch: een zwaan.

Het lijkt mij het beste om Ziggy te bellen na mijn tentamen, dan heb ik alle tijd voor haar en dat maffe briefje. Wel spreek ik Toms voicemail in, ik ben niet eens meer verbaasd dat hij niet opneemt. Nu ja, als hij bij Ziggy in die 'organisatie' zit, leeft hij blijkbaar nog en hoef ik me misschien toch minder zorgen te maken.

Hoe interessant de stof over psychopathologie ook is, een paar uur later schraap ik alle paperassen met een diepe zucht bij elkaar en stop ze in een map. Ik ben er echt klaar mee. Het tentamen bestaat uit meerkeuzevragen, met een beetje geluk zitten er dezelfde bij als in de proeftentamens; er circuleert een hele verzameling oude tentamens onder de studenten, waar ook ik dankbaar gebruik van heb gemaakt. Meer dan wat ik vandaag heb gelezen, kan ik toch niet in me opnemen. Ik kan altijd nog een hertentamen doen als het nodig is.

Onder het douchen bedenk ik wat ik aan zal trekken. Het wordt een spijkerbroek en een rood, strak shirt met knopen en kralen. Een fles wijn mee voor Sebastian. Ik vind het opeens weer heel spannend om naar hem toe te gaan. Het voelt heerlijk bij hem, vertrouwd en nieuw tegelijk. De manier waarop hij de liefde bedrijft, is zwaar verslavend.

'Waarom ben je eigenlijk psychologie gaan studeren?'
Deze vraag krijg ik wel vaker, waarop ik overigens niet een pasklaar antwoord heb. Ik vraag me af hoe je je studiekeuze in een paar woorden uitlegt zonder naïef en sentimenteel over te komen. Of te kwetsbaar. Hoe eerlijk wil ik zijn?

We zitten aan de vierkante houten tafel, een pan dampende gumbo, glazen rode wijn en een behoorlijke hoeveelheid kaarsen, zeker een stuk of vijftien, tussen ons in.

Om tijd te rekken neem ik voorzichtig, ik wil me niet branden, een eerste hap van de gumbo, een pittige soep met kruiden die ik niet direct kan thuisbrengen. Garnalen, kip, chorizo, rijst en een flinke hoeveelheid groenten ontwaar ik in de dikke smurrie.

'Heerlijk is dit!' roep ik uit. 'Hoe kom je hieraan?'

'Van mijn vader.'

Het blijkt een speciaal recept voor maaltijdsoep uit Louisiana te zijn, dat zijn moeder overgenomen heeft van zijn vader. Zijn zus en hij weer van haar.

'Zie je je vader nog?' vraag ik.

'Ik probeer elk jaar naar hem toe te gaan, het liefst met kerst. Dan is het daar nog altijd een stuk warmer dan hier en de kitscherige toestand die ze daar van Kerstmis weten te maken, is echt fantastisch. Het herinnert me aan vroeger. Kerstmis was het mooiste feest van het jaar. Wat ze hier in Nederland doen, is echt niet te vergelijken, die anderhalve bal en een paar lichtjes in een boom. Dus één keer per jaar snuif ik daar mijn verleden op.' Hij glimlacht en kijkt me aan. Zijn donkere ogen staan warm. 'Leer je dat tijdens je studie, anderen over vroeger laten praten en zelf buiten schot blijven? Ik laat me zo wel erg gemakkelijk afleiden.' Hij grijnst, leunt achterover en spreidt zijn grote handen. Kom maar, ik wacht wel, ik heb alle tijd.

Langzaam eet ik door om mezelf nog meer bedenktijd te geven.

'Waarom ben ik psychologie gaan studeren... Tja. Het heeft in ieder geval te maken met mijn belangstelling voor de motieven van mensen,' begin ik. 'Waarom doen mensen wat ze doen? Wat is de reden van bepaalde wandaden? Als we die kunnen achterhalen, zijn we dan in staat om herhaling te voorkomen? Hoe zit het met de vrije wil en de mogelijkheden om te veranderen? Heb je het zelf in de hand om gelukkig te worden? Of laten we zeggen, gelukkiger? Hoe groot is je invloed dan en wat moet je daarvoor doen? Of laten? Ooit heb ik een televisieserie gezien waarin therapeuten aan de slag gingen met allerlei problemen en levensgeschiedenissen van mensen. Toen dacht ik, dat wil ik ook. Het is interessant, boeiend en je doet nog iets goeds ook. Tja, mensen helpen.'

Verlegen zwijg ik, bang om toch nog voor sukkel uitgemaakt te worden. Maar Sebastian kijkt buitengewoon geïnteresseerd. 'Is het tot nu toe wat je ervan had verwacht?' vraagt hij.

Ik neem een slok wijn, mijn tweede glas. 'Wat me tegenvalt, is dat je in de eerste plaats wordt opgeleid tot wetenschapper. Veel vakken gaan over het opzetten van onderzoek, de verschillen tussen kwalitatief en kwantitatief onderzoek, of de gegevens wel betrouwbaar zijn en of de vragen wel meten wat we willen meten. Dat is een stuk ingewikkelder en veel zakelijker dan ik had gedacht. Het is wel heel interessant allemaal, maar daarvoor ben ik die studie niet gaan doen. Ik wil doorbraken realiseren, trauma's oplossen, gevoelens van vergeving en liefde losmaken.'

Ik kom op dreef, merk ik. Herenigingen, positieve communicatie, diepgang, intimiteit... Ik vertel hem over voorbeelden van succesvolle therapiesessies waarover ik heb gelezen. Sebastian kijkt me ondertussen peinzend aan, knikt soms, bromt empathisch en eet langzaam door.

'Weet je al waar je het liefst wil werken?' vraagt hij.

'Bij justitie, denk ik. Of in een groepspraktijk.'

'Bij justitie?' vraagt hij verbaasd.

'Het lijkt me boeiend om met gevangenen te werken. En wel spannend. Juist daar speelt de vraag waarom iemand verschrikkelijke dingen heeft kunnen doen.'

'En als je het kunt begrijpen, is het dan minder erg wat iemand heeft gedaan? Of kun je er zelf dan beter mee leven? Voelt het als minder erg als je weet dat een dader zelf mishandeld is geweest? Misschien wil jij wel op die manier controle krijgen op de onaangename werkelijkheid waar we mee moeten zien te leven.'

Ik val stil, zuig mijn adem in en tuit mijn lippen. Zo had ik er nog niet over nagedacht. Het klinkt in ieder geval een stuk negatiever dan hoe ik het formuleerde.

'Tja, misschien speelt dat wel mee, ja,' murmel ik.

Sebastian kijkt me geamuseerd aan. 'Mijn mooie, lieve Mirka,' zegt hij langzaam, 'jij hebt het hart op de juiste plaats. Ik hoop alleen maar dat je niet te vaak teleurgesteld zult worden.'

'Teleurgesteld?' echo ik.

'Ja, als die motieven niet méér inhouden dan de behoefte aan geld, macht, wraak of seks, als er domweg geen andere onderliggende redenen blijken te zijn. Voor zover ik weet, zijn het juist de mensen zonder het vermogen tot empathie die tot de vreselijkste dingen in staat zijn. Die vind je vast niet meer zo sympathiek. Hoe noem je ze, patiënten?'

'Cliënten,' zeg ik stug. Ik zwijg bedremmeld. Deze Sebastian, amper drieëntwintig jaar oud, lijkt zich stukken beter verdiept te hebben in menselijke drijfveren dan ik. Binnen een halfuur weet hij mijn, toegegeven, misschien wat geromantiseerde toekomstbeeld flink aan het wankelen te brengen. Maar wat weet hij ervan? Ooit een gevangene ontmoet, Sebastian? Wie weet zitten er juist wel bijzondere innerlijke conflicten onder de behoefte aan seks en wraak en weet ik wat hij nog meer heeft opgenoemd.

Hij lijkt mijn verwarring aan te voelen en schraapt zijn keel. 'Ik bedoel alleen maar,' zegt hij zacht, 'dat ik hoop dat het je brengt wat je verlangt. Daar zijn we immers allemaal naar op zoek, doen waar we goed in zijn en op die manier vervulling vinden. Zodat ons leven zinvol wordt.'

Hij komt achter me staan en slaat zijn lange armen om me heen. Zijn koffieachtige, kruidige geur dringt mijn neusgaten binnen. Ik ontspan en leun tegen hem aan. Hij bedoelt het niet om me onderuit te halen, ik schaam me bijna dat ik dat van hem gedacht heb. Hij drukt zijn lippen zacht op mijn hoofd en een warme golf trekt onmiddellijk door mijn lijf.

'Tijd voor het nagerecht?' Hij begint de tafel af te ruimen. Ik kijk op mijn gemak om me heen terwijl ik hem in de keuken hoor rommelen. Twee ingelijste posters aan de muur. Eén poster is een tekening van Tabby's Bluesbar, een bar in Baton Rouge, de hoofdstad van Louisiana, staat er in zwierige letters onder, bevolkt met saxofoonspelende en swingende zwarte mensen. De andere is een poster van het tangofestival in Amsterdam, met een foto van een dansend paar in een bijzonder gracieuze houding op de voorgrond.

Verder zie ik een stereo-installatie en een halve wand cd's, een klein plat televisiescherm, een zwartleren tweepersoonsbank, twee grote planten en een open kast met boeken en ordners, netjes naast elkaar, geen papiertje dat eruit steekt. Een zwarte laptop op een houten scheepskist. Antracietkleurige vloerbedekking, blauwe velours gordijnen. Geen foto's van familieleden, nergens zelfgemaakte kunst of andere persoonlijke prullaria. De twee posters lijken nog het beste weer te geven waar zijn betrokkenheid ligt: bij zijn Afro-Amerikaanse roots en natuurlijk de Argentijnse tango. Op zich een bijzondere combinatie. Ik ken niet veel zwarte tangodansers.

Sebastian komt de kamer binnen met een blad met twee bolle glazen sorbetijs en twee smalle glazen dessertwijn.

'Wat verrukkelijk!' roep ik uit.

'Voor mijn psychologenprinses het allerbeste.' Hij knipoogt.

We kijken elkaar aan terwijl we zwijgend het aardbeienijs naar binnen lepelen. Tussendoor nip ik van de goddelijke muskaatwijn. Ik voel de alcohol in mijn lijf zijn werk doen. In mijn hoofd duizelt het licht. De aandrang om hem aan te raken wordt steeds sterker, maar nog liever wil ik ons gesprek voortzetten. Ik weet nog maar zo weinig van hem. Ik besluit het hem op de man af te vragen.

'En wat doe jij eigenlijk, Sebastian? Je had het vanmorgen over een offerte. Een offerte voor wat?'

'Mijn zus heeft een cateringbedrijf. Zij is de creatieve geest, ik doe de zakelijke kant. Zij is cajun-specialist, maar kan ook allerlei andere gerechten maken. We hebben een aantal studenten die we regelmatig inhuren als het om grote opdrachten gaat. Die offerte van vanmiddag was voor een klus van haar. Maar het grootste deel van mijn tijd zit ik in het bedrijf dat ik samen met een vriend heb.'

Sebastian laat me zijn website zien en doet uitvoerig uit de doeken hoe hun bedrijf werkt. Zijn vriend Kees is een paar jaar ouder. Ze hebben allebei de sportacademie gedaan maar Kees had voor die tijd zijn middenstandsdiploma al gehaald en een jaar in het bedrijf van zijn vader gewerkt. De sportacademie was een geweldige tijd maar beiden voelden er niets voor om les te geven aan onwillige pubers op middelbare scholen. De stages waren behoorlijk tegengevallen, daarom hadden ze al tijdens het derde jaar eindeloos zitten brainstormen hoe ze op een andere manier sportief bezig konden zijn. Aanvankelijk was er het idee om vlotten te bouwen en survivaltochten te organiseren, maar al snel hadden ze gemerkt dat de markt daarvoor aan het teruglopen was. Nu begeleiden ze mensen op teamdagen en bij bedrijfsuitjes bij het bouwen van ingewikkelde constructies en stellages, waarbij het gaat om samenwerken, leidinggeven, teamrollen, kernkwaliteiten, elkaar feedback geven. Sebastian en Kees geven aan het eind van de dag hun visie op hoe de deelnemers hebben samengewerkt. Overdag maken ze doorlopend foto's, verzamelen ze uitspraken en interviewen ze de medewerkers tussendoor, zodat ze naderhand een boekwerkje kunnen sturen dat een kleurrijke en spitse samenvatting van de dag weergeeft. Die samenvatting in woord en beeld wordt door de opdrachtgevers zeer op prijs gesteld, en het geeft Kees en Sebastian het gevoel niet alleen goed bezig te zijn geweest, maar ook iets tastbaars te hebben gemaakt. Het samen bouwen van constructies is verfrissend en nieuw, het aantal opdrachten is het laatste jaar dan ook verdubbeld.

In plaats van steeds opnieuw een busje te moeten huren hebben ze nu zelf een grote Mercedes-bus gekocht waarin veel van de spullen kunnen blijven liggen, dat scheelt een hoop tijd en ruimte. Wanneer ze geen opdrachten hebben, ontwerpen ze nieuwe modellen of proberen ze nieuwe klanten te werven. Koude acquisitie noemt Sebastian dat, ze vinden het behoorlijk pittig, zomaar een bedrijf bellen uit het telefoonboek.

'Hoe gaat dat dan?' vraag ik, een geeuw onderdrukkend.

'Het draait vooral om netwerken. Via eerdere opdrachtgevers, studies, vriendschappen, buren. Je kunt het zo gek niet bedenken of mensen zeggen wel: "Je moet eens met die en die praten." Maar het gaat gelukkig prima zo. We hebben nauwelijks te lijden onder de crisis.'

Hoewel ik dat echt fijn voor hem vind en best meer wil weten, merk ik dat ik zo langzamerhand verschrikkelijk slaperig word. Het is bijna elf uur. Gedachten aan het komende tentamen verstoren mijn concentratie. Had ik niet meer moeten studeren? Zou het morgen wel goed gaan? Maar ik merk ook dat ik steeds nieuwsgieriger word naar zijn verleden, naar de reden dat hij het nodig heeft om naar een meditatiegroep te gaan, zoals hij vanmorgen zei. Terwijl ik knik en hum, denk ik aan een manier waarop ik daar onopvallend naar kan vragen. Niet te veel nadruk op leggen, lijkt me het beste, maar hoe doe je dat? En ik moet nu ook snel met iets komen, anders val ik in slaap. Zoals vaker komt het er uiteindelijk ongelukkig uit.

'Goh, interessant zeg. Ja, ja. Maar eh, liefje, je zei vanmorgen ook iets over een groep waar je heen ging. Wat doen ze daar precies?'

Sebastians gezicht verstrakt. Het is alsof ik een bom heb laten ontploffen. Er valt een lange, onaangename stilte. Twee kaarsen doven nagenoeg op hetzelfde moment. We kijken elkaar onbeweeglijk aan. Ik hou mijn adem in, durf niets te zeggen.

'Dat is behoorlijk abrupt, Mirka. Verveel ik je?'

Ik haast me om iets liefs en slims te bedenken, toch al niet mijn sterkste kant.

'Ik bedoel gewoon dat ik ook meer wil weten van andere gebieden in je leven,' dreun ik geforceerd op. 'En een meditatiegroep, tja, daar ben ik beroepshalve natuurlijk bijzonder in geïnteresseerd.'

Ik schenk hem mijn liefste glimlach, maar hij blijft me strak aankijken. Beschaamd laat ik mijn lachspieren ontspannen tot neutrale stand. Ongemakkelijk schuif ik op mijn stoel heen en weer, weet nu echt niet meer wat ik moet zeggen. Wat hadden ze daar in het werkcollege Basisvaardigheden over uitgelegd? Als je vastloopt of het gesprek stokt, kan je daar maar beter zo eerlijk mogelijk over zijn. Ik slik en schraap mijn keel.

'Nou, ik geloof dat ik het helemaal verpest zo. Sorry. Ik ben gewoon moe, maar ik wil echt graag weten wat het je oplevert en hoe er gewerkt wordt in zo'n groep. Dat snap je toch wel,' zeg ik zacht. Ik vermoed dat ik hem nu wel heel smekend zit aan te staren. Ik wil natuurlijk niets kapotmaken of de sfeer van de avond zo drastisch verscheuren, dat moet voor hem toch ook duidelijk zijn. Ik steek een hand uit naar zijn gezicht, moet er half voor opstaan en over de tafel leunen om hem aan te kunnen raken, streel hem dan zachtjes over zijn wang, hoe ongemakkelijk deze houding ook voor me is. Hij grijpt mijn hand en laat mijn vingers over zijn lippen gaan, opent zijn mond en zuigt mijn wijsvinger naar binnen. Dit is een bekend en bovendien zaligmakend gevoel. Ik durf al bijna te ontspannen, voor zover dat mogelijk is in die ongemakkelijke houding, maar plotseling bijt hij op mijn vinger en houdt hem zo secondenlang vast. Hij bijt niet door, maar wel zo onaangenaam hard dat ik ervan schrik. Dan duwt hij mijn hand weg en ik val verbouwereerd op mijn stoel terug. De afdruk van zijn tanden staat in mijn huid.

'Ik moet je wel kunnen vertrouwen, Mirka. Als je me als een interessant geval ziet, stoppen we er gelijk mee.' Hij kijkt me vlak aan, zonder een spoor van vriendelijkheid.

Dit slaat werkelijk nergens op. Waar zie je me voor aan, gonst het door me heen. Natuurlijk ben ik te vertrouwen. Natuurlijk neem ik je serieus en zie ik je niet als een cliënt. Hoe kom je erbij? Ik kan al bijna twee weken aan niemand anders denken dan aan jou, Sebastian Francis, met je mooie naam en je mooie lijf. Dansen met jou is de hemel, vrijen met jou het hele universum! Wat denk je nou?

Ik krijg het niet voor elkaar om deze gedachten uit te spreken. In plaats daarvan haal ik mijn schouders op. 'Ik geloof niet dat je me goed begrijpt. Ik ga naar huis.'

Ik draai me om in bed. Het is pas zes uur. Ik wil verder slapen, me onderdompelen in avonturen van de geest die ik overdag niet beleef. Dromen die hun eigen leven leiden, waarin ik als een pion mijn stappen zet zonder bewust ervoor te kiezen. Meegaan met de stroom. Niet hoeven nadenken, niet stilstaan, niet hoeven kiezen. De slaap is mijn vriend geworden, ik ga zo vroeg mogelijk naar bed, gisteren al om half negen. Niet raar dat ik nu al wakker ben. De grijze deken is er zodra ik uit het moment tussen waken en slapen omhoog kom. Ik wil naar beneden, terug naar de diepte van de slaap. Ik probeer nergens aan te denken. Het heeft geen zin. Maar de carrousel van gedachten is begonnen en zal de komende zestien uur niet ophouden met draaien.

Wat moet ik nu?

Hoe moet het met Ziggy?

Met INDIZ...

Mijn werk?

Mijn leven?

Ik wil niet meer.

Kan iemand mij hieruit halen?

Nee.

Wat gebeurd is, is gebeurd.

Hoe had ik het kunnen weten?

Jij was verantwoordelijk.

Je was alleen met jezelf bezig.

Je liep je lul achterna.

Egocentrische lul.

Je bent een egocentrische lul.

Een lul.

Een egocentrische lul.

Ik draai me op mijn andere zij. De bekende bruine riem hangt als een trofee aan de muur. Ik voel niets meer of minder dan walging. Ik draai me weer om want de aanblik van die riem maakt me misselijk. Ik haal diep adem en bal mijn vuisten. Door de versleten plekken in de bloemgordijnen sijpelt ochtendlicht. Mijn lijf is een harde klomp. Ik besluit de gordijnen de hele dag dicht te laten, vandaag blijf ik in bed.

Het geluid van een binnenkomende sms trilt door mijn gedachten heen. Met tegenzin open ik het bericht. 'Lieve Tom, wil je me helpen? Ik neem je niets kwalijk, maar nou ja, je weet wel, you owe me... Ziggy.'

De overdekte tennisbaan is door de universiteit gehuurd om tentamens af te nemen. Op het groene vilt staan honderden tafels en stoelen opgesteld met steeds een meter tussenruimte. Tien examinatoren houden onafgebroken de wacht, afkijken is vrijwel onmogelijk zo. Als iemand kucht, galmt het door de immense hal. Ik zit in de tweede rij en probeer me te concentreren op de meerkeuzevragen voor me. Een aantal is heel gemakkelijk, maar bij sommige word ik in de war gebracht door de antwoorden, die lijken soms zo op elkaar dat er volgens mij meer dan één correct is. Inwendig foeter ik op degene die dit tentamen in elkaar heeft gezet. Kon dat niet wat duidelijker? Het lijkt makkelijk, zo'n hokje aankruisen, maar bij open vragen kun je precies opschrijven wat je wel weet, terwijl je hier maar net moet gokken wat de maker van het tentamen wil horen. Is antwoord a wel goed, maar antwoord b net iets uitgebreider of zorgvuldiger en daarom het juiste antwoord? Of is de toevoeging bij antwoord b een valstrik en klopt de uitbreiding net niet? Ik vervloek maar weer eens de docent, de vakgroep en ten slotte de hele faculteit. Het is niet de eerste keer dat de antwoorden zo slecht geformuleerd zijn. Prutsers... Ik zucht hoorbaar, wat tot mijn schrik luid versterkt weerklinkt in de tennishal. Zeker vijf medestudenten draaien hun hoofd naar mij om. Ik zie verstoorde fronsen, een spottende lach, een blik van medeleven. Tenminste, dat denk ik. In hoeverre kan ik nog op mijn interpretatievermogen vertrouwen? Gisteren heb ik een fantastische avond met een bloedmooie man uiteindelijk met twee zinnetjes eigenhandig om zeep geholpen. Ik heb ongehoord de pest in. Of ligt het ook aan Sebastian? Is hij niet erg overgevoelig en lichtgeraakt? Of heeft hij gelijk en ben ik zo verslingerd aan hem geraakt omdat hij een spannende casus blijkt te zijn? Ik dacht het toch niet. De herinneringen aan onze gesprekken, zijn mooie bruine lijf, zijn adem in mijn oor, de chemie in de dans, zijn openheid over wat hij voor me voelt. Alles in me schreeuwt ja naar deze jongen.

Ik heb trillend mijn jas gepakt en hem niet durven kussen. Alle tijd die het kostte om de trap af te lopen, mijn fietskettingen los te maken en langzaam weg te rijden hoopte ik dat hij me nog achterna zou komen. Hoezo naïef... Ik heb nog naar boven gekeken, maar de gordijnen bleven dicht. Toen ik de hoek om fietste heb ik de hoop laten varen, maar begrijpen hoe de boel zo snel kon escaleren, dat lukt niet.

Ik zucht nog eens diep, ditmaal minder luid. Van slapen is niet veel gekomen. Woelen en draaien, zinnetjes terughalen, in gedachten nieuwe teksten zeggen, hele discussies hebben zich in mijn hoofd afgespeeld.

Ik kijk naar de vragen waarop ik het antwoord niet zeker weet. Om mij heen staan de eerste studenten al op met hun tentamenpapieren en potlood in de hand. Inleveren bij Lourens Visser die achter een grote tafel vooraan in de tennishal zit. Daarna zullen ze naar buiten gaan, met elkaar bespreken hoe het ging en sommige antwoorden bij elkaar checken. En dan vrolijk de stad in, uitgelaten als jonge kinderen. De plicht zit erop en het is tijd voor plezier.

Ik wou dat ik met hen mee kon doen. Voorlopig staar ik naar die onzinnige letters op papier en de rechthoekige vakjes erachter die nauwkeurig met potlood ingevuld moeten worden. Niet buiten de lijntjes kleuren, anders kan de computer ze niet lezen. Afgericht als makke schapen doen we wat ons is opgedragen.

Opeens heb ik er schoon genoeg van. Achter elkaar vul ik b's in achter de vragen waarover ik twijfel, wat kan mij het ook schelen. Sebastian is honderd keer belangrijker dan een tentamen waarvoor ik altijd nog een herkansing kan doen. Binnen een minuut heb ik mijn tas gepakt. Ik loop naar voren, met opgeheven hoofd, kijk de docent met een hooghartige blik aan terwijl ik mijn papieren boven op het stapeltje leg. Hij glimlacht vriendelijk terug, niet in het minst onder de indruk. Irritant, zo'n sympathieke man.

Buiten zet ik mijn telefoon aan. Mijn ogen tranen door het zonlicht, het is aangenaam warm voor half september. Ik knipper een paar keer en controleer mijn telefoon. Eén sms. Ik durf niet blij te zijn. Tot ik hem open: 'Hoe kan ik het goedmaken?'

Op de fiets merk ik dat de spanning uit mijn lijf en hoofd waait, ben opgelucht dat het tentamen achter me ligt en dat het vast goedkomt met Sebastian. Ik kan weer genieten van de zon, de wind, de stadsgeluiden om mij heen. Het gerinkel van mijn telefoon klinkt op uit mijn tas, het is vast Sebastian die nog eens zijn verontschuldigingen wil aanbieden en wil weten hoe het tentamen is gegaan. Over het fietspad slingerend klap ik net op tijd mijn mobiel open voordat de voicemail aan zal gaan. Bijna rij ik door rood, weet op het laatste moment op de rem te trappen.

'Hé mooie man!' roep ik.

'Mirka?' hoor ik een stem uit de verte. 'Ik weet niet wie je verwachtte, maar ik ben het. Ziggy.'

Godsamme, Ziggy... Ik sta voor lul, maar heb geen zin om tekst en uitleg te geven over mijn ondoordachte begroeting.

'Ik zou je inderdaad nog bellen, ja. Maar ik had tentamen, vandaar.'

'Ik ben in de buurt. Mag ik langskomen?' vraagt Ziggy.

Ik antwoord dat ik over tien minuten thuis ben. Dat is geen enkel probleem, vindt ze, ze heeft alle tijd.

Zwetend en buiten adem kom ik bij mijn huis aan. Ziggy staat er al, fris en beeldschoon als altijd, zelfs zonder make-up, zie ik. Ze lijkt nog smaller dan anders. Naast haar voel ik me steevast drie maten te groot. Noem een onderdeel op en het is dikker en groter dan bij haar: wangen, wenkbrauwen, haar, mond, schouders, borsten, buik, billen.

We gaan samen naar binnen. Gelukkig moet ze eerst naar de wc. Snel trek ik ondertussen mijn spijkerbroek en T-shirt uit, spuit deodorant onder mijn oksels en parfum in mijn hals. Daarna kies ik voor een zwart jurkje dat mooi afkleedt. Schadebeperking. Ik ben net aangekleed als ze mijn kamer binnenkomt en op mijn bed gaat zitten. Ik zet in de keuken water op voor de thee en ga daarna zelf op mijn bureaustoel zitten, waardoor ik een beetje op haar neerkijk. Het geeft me net even een beter gevoel. Zij moet maar over de brug komen, niet ik.

Maar Ziggy heeft geen haast. Ze complimenteert me uitgebreid met mijn mooie kamer, de houten vloer, de plek in de stad. Ik haal de thee uit de keuken, schenk ons beiden in en neem deze keer geen suiker. Ziggy vraagt me intussen van alles over mijn studie. Beleefdheidshalve vraag ik ook naar haar plannen. Of ze nog iets heeft gehad aan Toms informatie over sociale geografie. Ze kijkt me niet-begrijpend aan.

'Ja,' herinner ik haar fijntjes, 'je was toch bij Tom om het over sociale geografie te hebben?'

Ze haalt onverschillig haar schouders op en staart naar buiten. Ik laat het onderwerp maar met rust, al bevestigt haar houding mijn vermoeden dat dat hele verhaal over sociale geografie een smoes is geweest.

We drinken thee. Wrange smaak zo zonder suiker. Ziggy zwijgt nu langdurig. Wat is het toch een raar kind. Ik ga vaart achter dit bezoek zetten, want ik wil als het even kan vanmiddag nog het leven vieren met Sebastian, en goedmaken waar we gisteren een verkeerde afslag hebben genomen.

'Nou Ziggy, vertel, wat brengt je hier? Het is vast niet alleen voor de gezelligheid en ik heb niet zo heel veel tijd.'

Ik sla mijn armen over elkaar. Ze schenkt zelf op haar dooie gemak een tweede kop thee in. Het vocht klatert in het glas. Ik bedank als ze mij bij wil schenken.

Welja, denk ik, doe vooral alsof je thuis bent.

Dan begint ze eindelijk te vertellen. Over Afrika, het tehuis dat zij en een stel vrienden aan het opzetten zijn, de mensen met wie ze dit project deelt, hoe bijzonder en diepgaand het contact met hen is. Ze heeft een passie gevonden waar ze zich met hart en ziel voor wil inzetten. Na maanden, zelfs jaren van doelloos haar leven leiden, haar school afmaken omdat dat nu eenmaal zo hoort, niet weten wat ze met haar tijd en zichzelf aanmoet, heeft ze nu een missie waarin ze zich helemaal kan verliezen. Samen bouwen aan een project waar anderen beter van worden, dat is ongelooflijk bevredigend.

Terwijl ze dit alles vertelt, kijkt ze me niet aan, ze praat in de verte. Haar grote ogen lijken naar één punt te staren. Maar vreemd genoeg komen de woorden en de toon niet overeen met haar blik. De woorden zijn gepassioneerd, vurig, intens, de urgentie en het enthousiasme van samen iets positiefs opbouwen spatten ervanaf. Maar haar blik blijft leeg, er is geen enkele expressie op haar gezicht te zien, geen spier rond haar ogen ondersteunt haar verhaal. Ik vond Ziggy altijd al iets popperigs hebben, maar dit wordt bijna eng. Pas op het laatst draait ze haar gezicht naar me toe en kijkt ze me recht aan. Ik schrik ervan.

'Dus je begrijpt dat we ook jou nodig hebben. We kunnen het niet alleen en ik weet zeker dat jij je ook voor een betere wereld wilt inzetten. Je hebt mij al eens geholpen toen ik je dat vroeg en dat was toen niet makkelijk voor je, dat weten we allebei. Nu heb ik je weer nodig. Kun jij geld missen voor dit project?'

Herinneringen tuimelen plotseling over elkaar heen als lava uit een vulkaan. We hadden het er niet meer over gehad, nooit in al die jaren. Het schokt me dat ze er nu zo luchtig over begint, ze gooit het me voor de voeten en ik kan er niet meer omheen. Natuurlijk weet ik wel dat we samen een geheim delen, maar onderdeel van dat geheim is nu juist dat we er na die bewuste avond amper nog iets over gezegd hebben. Ik heb haar één keer gevraagd of het allemaal goed was gegaan, ze heeft toen alleen maar geknikt. Nu ze open en bloot op tafel legt wat er vijf jaar geleden is gebeurd, lijkt het opeens meer waar dan ooit. Ik kan niet meer doen alsof ik er geen rol in heb gespeeld. Mijn hoofd wordt vuurrood, de vlammen slaan me uit. Ik staar uit het raam.

'Mirka?'

Misschien is het maar een halve minuut stil geweest, dertig seconden waarin ik terug in de tijd ben gezet. Ik voel me weer zestien en kijk Ziggy hulpeloos aan. Ik lees niets af aan haar fletse poppenogen.

'Wil je erover nadenken? Wat jouw bijdrage kan zijn?' Wanneer heb ik haar iets kunnen weigeren? Ik knik aarzelend.
Mijn handen trillen en mijn lippen zijn droog, merk ik. Wanneer gaat ze nou weg? Ik zou het fijn vinden als ze me onderhand eens alleen liet. Voel me slapjes. Moet dringend wat eten. Ik sta op, hoop dat ze de hint begrijpt. Breng de theekopjes naar de keuken en spoel ze langdurig af. Als ik terugkom in mijn kamer, heeft ze gelukkig haar jas aan.

'Ik bel je gauw,' zegt ze en geeft me een snelle kus op mijn wang. Ze loopt de gang door en trekt zonder nog om te kijken de voordeur achter zich dicht. Met een klap valt hij in het slot.

Vrijwel meteen wordt er aangebeld. Ik doe open en kijk Ziggy stomverbaasd aan. Wat wil ze nog meer van me?

Nog geen tien minuten later schrik ik op door het gerinkel van mijn mobiele telefoon. Ik check behoedzaam de display en zie dat het ditmaal wel Sebastian is.

'Ja?'

'Mirka, met mij. Hoe ging je tentamen?'

'Redelijk.'

'Sorry van gisteren, liefje. Ik begrijp zelf ook niet dat ik zo koppig deed. Ik wil het graag goedmaken. Ik denk dat ik me nog te veel schaam voor wat er is gebeurd en dat reageerde ik op jou af. Dat is echt waardeloos, ik hoop dat je nu niet denkt dat ik een ongevoelige klootzak ben. Ben je thuis? Dan kom ik eraan. Ik kom je halen.'

Een uur later kijk ik nieuwsgierig om me heen. Een gigantische houten boeddha siert de zaal, waar niets decoratiefs in staat behalve wat planten. Met veertien mensen vormen we een kring. De meeste deelnemers zitten op één of twee meditatiekussens in kleermakerszit, een enkeling met de knieën naar voren, twee oudere mannen geven de voorkeur aan een gewone stoel. Wanneer de meditatieleraar langskomt en dekens aanbiedt, neemt iedereen die aan, ik ook. Hij laat zien hoe je ontspannen rechtop kunt zitten met je handen in je schoot zodat er geen druk op de schouders komt. Het zit inderdaad aangenaam en stevig. Als iedereen gehuld in een rode deken verwachtingsvol zijn kant opkijkt, legt hij rustig de bedoeling van de eerste oefening uit. Langzaam tellen van één tot tien, steeds opnieuw. Zodra je bent afgeleid door gedachten, begin je weer bij één. Hoe simpel deze opdracht ook lijkt, de kunst is om jezelf niet te veroordelen als je inderdaad moet denken aan van alles behalve getallen tussen 1 en 10, maar in dat geval vriendelijk opnieuw te beginnen.

Toch kan ik me niet voorstellen dat dit nu zo moeilijk is en ik knik Sebastian vol vertrouwen toe. Hij zit schuin tegenover me, bloedserieus staart hij voor zich uit. Zonder enige twijfel heb ik toegestemd om mee te gaan naar zijn meditatiegroep. Zo moeizaam als ons contact gisteravond verliep na mijn, ik geef toe, wat bot gestelde vraag, zoveel vloeiender is het sinds zijn spijtbetuigingen, eerst per sms en telefoon, daarna bij mij thuis. Door zijn grote handen rond mijn gezicht en zijn schuldbewuste bruine ogen verdween mijn twijfel als sneeuw voor de zon. Ik besloot ter plekke om voorlopig niet door te vragen over zijn verleden. Eerst genieten van wat er nu is, en wie weet komt hij er zelf wel mee.

Zijn voorstel om samen een meditatie bij te wonen, had me verrast. Maar bij nader inzien is dat na gisteravond een goed idee, ik had hem immers zelf gevraagd wat hij daar deed. Bovendien ben ik razend nieuwsgierig. De eerste indruk is die van een warm bad en de vriendelijke leraar aan wie Sebastian mij voorstelde, versterkt dit beeld.

'Welkom, welkom. Fijn dat je meekomt,' zei hij hartelijk. Hij nam me belangstellend op, met een brede lach. Zijn gerimpelde gezicht en zijn olijke, blauwe ogen doen me denken aan een lieve oom die door zijn voortdurende stroom van grapjes laat weten hoe leuk hij je vindt. Ik mag hem op het eerste gezicht. Zijn assistente, een mooie vrouw van ergens achter in de veertig, slaat zacht op een klankschaal.

Met de ogen half gesloten beginnen we aan de eerste opdracht. Al binnen een halve minuut merk ik dat mijn gedachten voortdurend afdwalen, ofwel naar wat is gebeurd, ofwel naar wat nog komen gaat. Het onverwachte bezoek van Ziggy komt om de haverklap voorbij. Ik zucht ervan. Het is wonderbaarlijk stil en ik vraag me af hoeveel minuten we al bezig zijn, terwijl het mij nog niet één keer is gelukt om de tien te halen zonder aan iets anders te denken. Dan, na ik schat een minuut of twintig, lijkt het zover te zijn. Net als ik bij acht ben, schiet het door me heen dat ik er bijna ben en dat het dus zo slecht niet gaat; prompt kan ik opnieuw beginnen. Knap irritant. Uiteraard vraag ik me af waartoe deze oefening dient. Liefdevol omgaan met jezelf, kan dat niet speelser onderwezen worden?

Toch merk ik dat er naast lichte ergernis ook iets anders gebeurt. Weten dat ik in deze tijd geen ander doel hoef na te streven dan de oefening doen, maakt dat ik me beter ga concentreren en de gedachten aan verleden en toekomst vervagen. Of beter gezegd, de pauzes tussen de gedachten duren een fractie langer dan normaal, wat een prettig besef van aanwezigheid oplevert. Meer dan hier en nu is er niet; ik heb het al vaker gehoord maar krijg er nu voor het eerst zowaar iets van mee. Het valt me daarnaast op hoe moe mijn lichaam zich voelt. Het helpt dat we de ogen een beetje open houden, anders vrees ik dat ik snel zal wegdommelen. De meditatieleraar spreekt om de zoveel minuten enkele bemoedigende woorden, maar wanneer we na een halfuur mogen opstaan en thee gaan drinken in het naastgelegen vertrek, ben ik toch blij dat het eerste deel erop zit. Het is wel een extreem langzame manier van tijd doorbrengen.

In de pauze neem ik de tijd om uitgebreid rond te kijken. Op oranje formica stoelen aan ronde, houten tafels drinken we hete kruidenthee. De deelnemers verschillen nogal van elkaar, de ene in grauwe hobbezakkleren, de andere zwaar opgemaakt in een knalroze huispak. Er wordt amper gesproken. Alleen de meditatieleraar praat honderduit en vertelt lachend dat het hem zelden of nooit lukt om de tien te bereiken zonder af te dwalen, maar dat de manier waarop hij zichzelf nu terugbrengt naar de oefening 180 graden is gedraaid in al die jaren. Met een mengeling van spot en bewondering kijk ik naar hem. Hij heeft een humor en warmte over zich waarvan ik denk: dat wil ik ook. Maar om nu deze oefening jarenlang te doen?

Sebastian wrijft herhaaldelijk met beide handen over zijn gezicht en kijkt langdurig naar me zonder te glimlachen. Ik sla mijn ogen neer, word er onzeker van. Wanneer we wat later de kopjes op tafel zetten en ons naar de kussentjes begeven voor het tweede deel van de bijeenkomst, fluistert hij: 'Ik ben blij dat je er bent.' Vervolgens barst hij tot mijn stomme verbazing in tranen uit. Ik schrik me een ongeluk. Zijn snikken gaan me door merg en been en ik weet niet wat ik moet doen. Onbeholpen sla ik mijn arm om hem heen. Zijn lijf voelt warm en klam tegen mijn zij.

De meditatieleraar vraagt Sebastian of hij iets nodig heeft, maar hij schudt zijn hoofd. De leraar gebaart nu vriendelijk naar mij dat ik hem gerust kan loslaten. Met enige tegenzin gehoorzaam ik. Laat ik Sebastian dan niet in de steek? Ik kijk hem vragend aan maar hij knikt dat het oké is.

Het valt me op dat de mensen hier anders op emoties reageren dan hoe ik dat gewend ben. Ze kijken Sebastian vriendelijk aan, glimlachen zelfs naar hem maar doen geen enkele poging om hem te troosten, ze laten hem zitten waar hij zit. Blijkbaar moet hij het zelf uitzoeken. Ik voel me er ongemakkelijk bij, zou zijn verdriet zo graag weg willen nemen, al zou ik niet weten hoe.

Thuis in bed masseer ik zijn schouders. Hij ligt stil onder mij, naakt, met zijn buik op de matras. Ik laat de olie rijkelijk vloeien. Wat gaat er in hem om? Ik durf er niet naar te vragen, maak in plaats daarvan met mijn naakte lijf contact met hem. Lichamelijke verbondenheid voelen gaat me nu eenmaal makkelijker af dan verbale. Op een of andere manier wil ik hem laten weten dat ik met hem meevoel, al weet ik nog steeds niet wat de reden was van zijn emotionele uitbarsting tijdens de meditatiebijeenkomst. Met mijn buik, borsten en kin glijd ik over zijn oliegladde rug terwijl mijn handen zijn armen blijven kneden. Ik zucht in zijn oor en druk mijn tong diep naar binnen. Hij kreunt en draait zich om. Pakt in zijn draai mijn armen stevig vast zodat ik over hem heen glibber tot ik boven op hem lig. Ruw vinden zijn lippen mijn mond, zijn tong vol tegen de mijne. Zijn handen knellen mijn romp tegen zijn borst, alle lucht wordt uit me geperst. Zijn geslacht duwt hard tegen mijn bovenbeen. Ik spreid mijn benen. Maar al te graag. Alle gedachten aan mogelijke redenen van zijn schuldgevoel en verdriet vervagen in een mum van tijd. Opwinding wint het van medelijden.

Mijn lijf voelt plakkerig en ontspannen als de telefoon gaat.

'Dag lieverd, met mij.' Ik had het kunnen weten. Mijn moeder wil natuurlijk weten hoe mijn tentamen is gegaan. Ik schrik en raak direct daarna zwaar geïrriteerd. Waarom blijf je toch altijd de dochter van je ouders? De gêne die je in één klap verandert in een gespannen veer als je poedelnaakt tegen een nieuw vriendje aan zit terwijl je moeder belangstellend naar je academische vorderingen informeert, zal wel nooit helemaal verdwijnen. En tegenover wie voel je je dan het meest opgelaten? Tegenover je moeder, als je bedenkt dat zij je zo niet zal willen zien, of tegenover de naakte man naast je, omdat je ongewild in de rol van dochter schiet? Ongetwijfeld klink je jonger, bekakter of, als je dat allemaal vooral wilt vermijden, kinderachtig stoer en geërgerd. Wat je moeder toch ook niet verdient.

Ik mime 'Mijn moeder' naar Sebastian en loop snel de kamer uit, terwijl ik nog net mijn badjas van het haakje gris. Op de wc zet ik ons gesprek voort. Ja, het tentamen was goed gegaan en nee, ik dacht niet dat het moeilijker was dan anders.

'Stoor ik?' vraagt ze. Dat heeft ze dus ook gelijk door.

'Mwah.' Wat een overduidelijk ja betekent, dat weet zij ook.

'Nieuw vriendje?'

Heb ik het door de telefoon geschald? Ben ik zo doorzichtig? Of kent ze me gewoon beter dan wie ook ter wereld?

Ik grinnik schaapachtig. Opeens hou ik zielsveel van haar.

'Hij is echt heel mooi, mam. En lief en leuk.'

'Ja, ja. Neem hem maar eens mee als het zo uitkomt.'

Ik zeg dat ik dat zal doen en ja, we moeten snel weer wat langer bellen.

Als ik weer in bed tegen Sebastian aan lig, vraagt hij wat er in vredesnaam met mijn moeder aan de hand moet zijn dat ik haar voor hem, telefonisch nog wel, verborgen hou.

Niks. Maar het is wel mijn moeder. Ik besef hoe knullig het moet klinken.

Hij rolt ongelovig met zijn ogen. 'Ik dacht dat ík geheimen had. En jíj studeerde psychologie, zei je?'

'Hé, mister! Pas op, hè!' Het jaagt door me heen dat dit een schot voor open doel is; ik zou nu kunnen doorvragen over die geheimen. Maar de lafheid in mij wint het en ik begin lachend een kussengevecht.

Het is donderdag, mijn grote dag. Hannes en Maya hebben het eigenlijk verboden maar behalve de antidepressiva die ik ondanks al mijn chaotische gedachten trouw slik en die een nieuwe structuur in mijn rommelige dagen aanbrengen, heb ik vanavond, vlak voor de bijeenkomst in hun mooie boerderij, ook een angstremmer genomen, 10 milligram oxazepam. Het leek mijn huisarts een goed idee om ze voor te schrijven, ze vond me nogal zenuwachtig overkomen. Tot nu had ik geen behoefte om ze te proberen. Ik heb overigens niet de indruk dat het spul werkt, maar ik durf er niet nog één te nemen, ik wil niet het risico nemen dat ik flauw ga vallen of rare dingen ga zeggen.

Ziggy heeft herhaaldelijk benadrukt hoe fantastisch het eindritueel is, maar ik ben vooral bloednerveus. De laatste bijeenkomsten waren onroerend, met veel muziek en samenzang. In een diaserie zagen we de projecten in Afrika, hoe een school gebouwd werd, huizen, een tehuis voor aidswezen. Mensen die knokken voor hun leven, en wij die er genoeg van hebben. Het leven is zo wrang tegenstrijdig dat ik er alleen maar onnozel bij kon zitten glimlachen.

'Het geeft zo'n fijn gevoel om iets goeds te doen voor die kinderen,' zegt Ziggy. Haar blauwgrijze ogen sprankelen zowaar. De saamhorigheid die we delen geeft ook mij opeens een intens warm gevoel. Ik hou mijn nichtje even stevig vast.

'Ik ben zo blij dat je er bent,' zegt ze in mijn hals.

Ik ben ook blij dat zij er is. Zonder haar weet ik niet of ik de avond door zou kunnen komen. Chris, de jongen met het zwarte haar, is er niet. Ook al ken ik hem amper, ik mis zijn aanwezigheid. Hij houdt het midden tussen Keanu Reeves en Detlef, de vriend van Christiane F. in het gelijknamige boek. Zijn bruine ogen staan net zo treurig als de ogen van Detlef op de foto's in het boek. Zijn blik vol hopeloosheid, schaamte en verdriet berooft je in één klap van al je zekerheden. Ik heb thuis naar het boek gezocht en toen ik de bewuste foto's vond, schrok ik van de gelijkenis.

Het is mijn eerste keer als begeleider. Mijn taak is het bedienen van de muziekinstallatie. De actieve handelingen zelf hoef ik niet uit te voeren, maar ik word wel geacht goed te kijken. Als je niet kijkt, blijf je bang voor het onbekende. Dan gaat je fantasie met je op de loop, heeft Maya gezegd. Ik herhaal haar woorden in mijn hoofd om mijn onrustige gevoel te dempen.

Vanavond zijn er veertien leden, inclusief ikzelf. Het licht in het bijgebouw van de boerderij is gedimd en er branden een paar kaarsen. Klassieke muziek klinkt zacht en de geur van wierook vult het vertrek. We drinken warme glühwein, de huisdrank van HiBiZcus. Klokslag negen uur gaat de deur open en valt iedereen stil. Maya treedt de ruimte binnen, gekleed in een prachtige wijnrode jurk met lange mouwen. Ze heeft zich zwaar opgemaakt, met dikke zwarte randen rond haar oogleden. Ik denk dat zij tegen de vijftig is, misschien iets jonger. Het is een opvallend mooie vrouw, met dik donkerbruin haar. Het verbaast me dat ik dat nu pas zie. Ze draagt een kaars en schrijdt daar langzaam mee door de zaal, naar de tegenoverliggende deur. Achter haar volgt Ylva, een jonge vrouw van rond de vijfentwintig. Mijn leeftijd. Mijn buikspieren trekken onwillekeurig samen, het komt nu wel heel dichtbij. Ylva heeft goudbruin krullend haar en een vrolijke wipneus, in schel contrast met haar zware, peinzende blik. Ik heb haar op de bijeenkomsten nauwelijks gesproken. Tot mijn ontzetting betrap ik me erop dat ik blij ben dat ik geen bijzondere band met haar heb. Misschien ben ik toch niet geschikt voor dit grootse werk... Ik zou juist blij moeten zijn voor haar, en op zijn minst trots op haar, zo heb ik al meermalen gehoord van Hannes en Maya. Maar blijkbaar ben ik weer alleen bezig met mijn eigen gevoel, of ík iemand ga missen of niet. Terwijl dat er in het geheel niet toe doet.

Ylva is gekleed in een smetteloos wit gewaad. Achter haar loopt Hannes, in een wijde broek en een blouse met een Chinese boord. Zijn kleren hebben dezelfde wijnrode kleur als de jurk van Maya. Hij draagt twee grote, goudkleurige wijnbekers. Ons is gevraagd in het wit te verschijnen. Wij lopen achter hen aan naar de aangrenzende ruim-

te. Hier ben ik eerder geweest, tijdens mijn waterhealing-sessie. Deze ruimte, kleiner dan de eerste, wordt enkel verlicht door kaarsen. Ziggy laat me zien waar ik me moet opstellen om de muziek aan te zetten. Ik ga daar staan wachten op een teken. De anderen laten zich langzaam zakken in het bassin van vier bij vier meter dat in het midden van de vloer is gemetseld. Het bassin is gevuld met water, ik hoor het zacht klotsen.

Maya, Ylva, Hannes en de anderen dalen statig, met kleren aan, via de traptreden af. In het midden is het dieper dan aan de zijkanten, het water komt tot aan hun borst. De temperatuur van het water is waarschijnlijk hoog en zo niet, dan weten ze dat goed te verbergen; zonder enige aarzeling laten zij zich in het water zakken. In ieder geval is het bloedheet in deze ruimte. Het zweet gutst in straaltjes langs mijn armen en over mijn rug.

Maya en Hannes staan naast elkaar tegenover Ylva. Hannes geeft haar een van de twee wijnbekers, waarna hij uit de andere warme olie over haar hoofd uitgiet en in een hypnotiserend traag tempo haar hoofdhuid begint te masseren.

Maya schraapt haar keel.

'Ylva, dappere, mooie vrouw, jouw offer zal tot goede daden leiden. Jouw wens zal gehonoreerd worden. Jouw moed zal een voorbeeld voor anderen zijn. Het water reinigt je lichaam en ziel. Wij verklaren jou zuiver. Drink nu van het heilige vocht en geniet van je laatste reis. Wij zullen volgen wanneer onze tijd daar is. Jouw tijd is nu.'

Maya's ogen zijn onbeschrijflijk mooi in dit licht. Er spreekt zoveel zachtheid, verdriet en liefde uit, dat ik me eindelijk ontspan. Dit kan niet verkeerd zijn. Ook wanneer ik naar Ylva kijk, besef ik dat ik haar voor het eerst met een gelukkige, ontspannen, tevreden blik zie.

Hannes staat nu naast haar, heeft zijn hand in haar nek gelegd, kneedt zachtjes. Ze drinkt de aangereikte beker langzaam leeg, kijkt de leden één voor één aan. Ik hou mijn adem in als het mijn beurt is, secondenlang kijk ik in haar ogen en zie een mengeling van berusting en stralende vreugde, zoiets heb ik nog nooit gezien... Ik wil dit ook. Zou ik dit ook kunnen beleven?

Ylva's beker is leeg, ze geeft hem aan Maya en Hannes knikt kort naar mij. Vol vertrouwen druk ik op de knop en de bekende tonen van

De Vondeling van Ameland *van Boudewijn de Groot klinken luid door de ruimte. Maya pakt Ylva bij haar hoofd en schouders, Hannes bij haar voeten, ze wiegen haar in het water op de maat van de muziek. Haar goudbruine haren, donkerder dan normaal door de olie en het water, vormen een prachtige waaier die vertraagd achter haar lichaam aan golft.*

Dan, bij de eerste tonen van het refrein, drukken Maya en Hannes tegelijk haar lichaam onder water. 'Ik kom eraan, ik kom eraan...'

Alle dertien begeleiders schieten hen als in één vloeiende beweging te hulp, alle handen tegelijk houden Ylva onder water.

'Zee, wind, zon, oceaan...'

De muziek zwelt aan terwijl ik geen vin heb verroerd. Verrast kijk ik snel even naar de volumeknop, maar blijkbaar is de opname geregisseerd.

'... ik kom eraan...'

Ik hou mijn adem in, vecht tegen opkomende tranen. Moet ik niet iets doen? Moet ik haar niet redden? Mijn voeten lijken vastgelijmd aan de vloer, mijn handen hangen doelloos langs mijn lijf. Ik sta daar als een standbeeld, niet in staat te ademen of te bewegen. Ik zie een worstelende, voor haar leven vechtende Ylva en vijftien mensen in wijnrood en wit die haar zonder al te veel moeite, lijkt het, naar haar zelfgekozen verdrinkingsdood leiden. Het water klotst en spettert nu over de rand. Maya heeft me hiervoor gewaarschuwd: hoewel de geest vol overgave de dood in wil, zal het lichaam zich uit alle macht verzetten en naar het leven haken. Dat is de natuur. Het betekent niet dat ze op haar beslissing terugkomt, het is gewoon een biologische reactie. Ik kijk door een waas van tranen, ik sta daar en ik doe helemaal niets.

> Op het strand van Ameland
> Stond hij als knaap in de avondzon
> Hij zei geen woord
> Begon zich langzaam uit te kleden
> De vloed kwam hem tegemoet
> Hij zag alleen de horizon
> Nog eenmaal draaide hij zich om
> Liep toen de zee in

Ameland sprak schande van de jongen
Die naakte zonderlinge vondeling
Men had zich boven op het duin verzameld
Omdat men voelde dat er iets gebeuren ging
En toen begon hij plotseling te schreeuwen
Zo hard dat het tot aan de duinen klonk
Nog even zagen ze hem op het water lopen
Voor hij in de diepte zakte en verdronk

Weer volgt het refrein. Nog voor de laatste woorden klinken, is de spanning van Ylva's fysieke gevecht weggeëbd. De onstuimigheid van het water neemt af. De strijd is gestreden. Haar wezen zal nu in vrijheid zijn, kleuren zien, tonen horen waar wij geen weet van hebben. Ultiem geluk. De begeleiders hebben hun taak gedaan. Ik voel hoe ik ontspan. Ik heb mijn taak gedaan. Door de knop van de muziekinstallatie in te drukken ben ik het geweest die het startsein heeft gegeven. Ik heb bijgedragen aan de diepste wens van iemand anders; en ik heb bijgedragen aan de dood van een mens. Een vreemde mengeling van angst, ontzetting, opwinding en trots gloeit door mijn lichaam.

Suzannes ogen schieten vuur. Had ik haar wel van die meditatie-groep moeten vertellen? Na haar gebruikelijke geklaag over haar ex-vriend Jelle, laat ik me ontvallen dat er met elke leuke jongen wel wat mis is. Als een havik schiet ze eropaf, fanatiek op zoek naar Sebastians minpunten: doet hij aan travestie? Voetfetisjisme? Polyamorie? Heeft hij erectieproblemen? Of is het misschien gewoon een botte hond?

Ik zucht. 'Hij gaat naar een meditatiegroep.'

Dat is zo mogelijk nog erger: een softie. Schandalig. Dan liever een boerenlul die niet weet hoe het hoort.

'Zoals Jelle,' schamper ik terug.

Een ogenblik zwijgt Suzanne, barst dan in een smakelijk lachen uit. 'Touché! Nou vertel, wat doet hij daar?'

Wanneer ik uit de doeken doe dat hij die groep gebruikt om met zichzelf in het reine te komen, heb ik helemaal haar volle aandacht. Alleen blijft het daarbij, want meer weet ik zelf eigenlijk ook niet.

'Heb je dan niet gevraagd waaróm hij daar zit?' roept ze uit.

'Jawel. Maar toen beet hij bijna mijn vinger eraf.' Ik probeer het luchtig te brengen maar schuif ongemakkelijk op mijn stoel. Haar wenkbrauwen schieten veelzeggend omhoog.

'Hij moest tijdens die bijeenkomst zelfs huilen.' Ik erger me aan mijn eigen toon. Ik hoor mezelf zijn gedrag goedpraten.

'Laat je hem ermee wegkomen dan? Een beetje janken en jij pikt alles van hem?' Of ik altijd zo'n watje ben, sneert ze. Een bang, onderdanig meisjesmeisje.

Dat ik die benaming nog eens zou krijgen, had ik niet gedacht. En is dit nu een promotie of een degradatie voor het vroegere, lompe jongensmeisje dat ik lange tijd ben geweest?

Als het aan Suzanne ligt, volg ik vandaag nog een cursus assertiviteit. Ik moet Sebastian de duimschroeven aandraaien, hem het mes op de keel zetten. Al is het alleen maar om háár nieuwsgierigheid te bevredigen.

Ik schiet in de lach. 'Ik weet niet hoe ik dat moet doen, Suzanne! Daar ben ik niet goed in, dat weet je toch?'

Maar zo kom ik volgens haar nooit verder. Misschien is die Sebastian van mij wel een moordenaar, of een psychopaat. En omdat ik niet geleerd heb om fatsoenlijk door te vragen, loop ik zelf het risico om afgeranseld of misbruikt te worden. Die beet in mijn vinger kon wel eens het topje van de ijsberg zijn. Suzanne straalt behalve vurigheid ook een flinke dosis bezorgdheid uit.

Mijn voorhoofd is één grote frons. Ik heb pijn in mijn buik en klem mijn kaken op elkaar. Natuurlijk heeft ze gelijk. Natuurlijk...

Ze grist mijn mobiel van tafel en begint te scrollen. Als ik de telefoon af wil pakken, steekt ze dreigend haar wijsvinger omhoog. Voor ik het weet, heeft ze hem aan de lijn.

'Hey Sebastian, met Suzanne, vriendin van Mirka. Ze wil je graag even spreken. Hier is ze.'

Ik kijk Suzanne vernietigend aan terwijl ik de telefoon van haar overneem. Het bloed stijgt naar mijn wangen. Suzanne knipoogt bemoedigend en ik hoor mezelf zeggen dat we dringend moeten praten. Hij kan nu niet, want helpt zijn zus met een cateringklus, morgenochtend zal hij me wel bellen.

Als ik de verbinding verbreek, aait Suzanne me over mijn wang. 'Held,' fluistert ze in mijn oor.

*O*m acht uur word ik wakker en heb de beelden van Ylva onmiddellijk op mijn netvlies. Ik wil dit delen met iemand. Ik ben weer wat waard. Absurd maar waar. Ik heb bijgedragen. Geholpen de laatste wens van iemand te verwezenlijken. Wat een overrompelend gevoel, het lijkt wel extase. Nu de loodzware deken van de afgelopen tijd van mij af is gegleden, voel ik dat ik weer wat kan. Ik ga rechtop zitten en stap voor het eerst sinds weken energiek uit bed. Ik voel de aandrang om te bewegen, te springen en te dansen, nog even en ik wil zelfs zingen. Wat voor dag is het? Vrijdag. Ik wil Mirka zien, ook al kan ik haar natuurlijk niet alles vertellen. Misschien kan ik haar wel duidelijk maken hoe prachtig het is bij HiBiZcus, hoe goed. Ze begrijpt altijd alles. Ik kan haar vragen zich aan haar beroepsgeheim te houden, bij mijn weten zal ze daar als psycholoog mee te maken krijgen en dan kan ze nu vast oefenen. Wat is het lang geleden dat ik haar gesproken heb. Ik kon het al die tijd niet opbrengen maar nu merk ik hoezeer ik haar gemist heb. Waar is mijn telefoon? Acht oproepen gemist, vijf van Mirka, twee van Ziggy en één onbekend nummer. Het blijkt van Chris van HiBiZcus te zijn, de jongen met de prachtig droeve ogen. Op mijn voicemail laat hij weten dat hij me wil spreken. Prima natuurlijk. Jammer dat hij er gisteren niet bij was. Het was zo mooi. Ik moet Mirka bellen. Ik heb haar verwaarloosd. Ik heb zin om haar te zien. Ze moet weten dat het goed met me gaat. Wat zeg ik? Geweldig, het gaat geweldig met me. Dat moet ze weten.

Tot mijn stomme verbazing staat mijn favoriete neef onaangekondigd op de stoep, met een fris geschoren hoofd en natte haren. De geur van appeltjesshampoo komt me aangenaam tegemoet. Ik wilde net zelf onder de douche gaan, gelukkig heb ik al wel mijn tanden gepoetst. Zo slonzig als Tom er laatst in het tangocafé uitzag, zo onverzorgd sta ik er nu zelf bij. Maar Tom lijkt zich in het geheel niet te storen aan mijn ongekamde haren, uitgelopen mascara en badjas-met-slobsokcombinatie. Enthousiast zoent hij me vol op de wangen, roept dat het een buitengewoon mooie dag is en dat hij graag wil horen hoe het met mij gaat.

Natuurlijk nodig ik hem uit om binnen te komen. Hoe heeft hij het voor elkaar gekregen om opeens zo vrolijk te zijn? Hij lijkt een complete metamorfose te hebben ondergaan. Is dit dan toch het resultaat van de antidepressiva? Opgelucht slof ik achter hem aan. Wat het ook is dat hem blijkbaar bij zijn positieven heeft gebracht, het doet hem zichtbaar goed. In mijn kamer trek ik snel het dekbed recht, schop mijn her en der verspreide kleren onder het bed en zet een raam open. Tom stelt voor dat ik best even kan douchen terwijl hij vast koffie zet. Dan kunnen we daarna wandelen in het Wilhelminapark, het is immers zonde om maar binnen te blijven zitten. Ik werp verbaasd een blik op mijn wekker. Het is kwart voor negen.

'Niet erg vroeg voor een wandeling? De zon schijnt niet eens.'

Tom wappert met zijn handen. 'Wat maakt dat nou uit? En bovendien klopt dat niet. De zon schijnt wel, alleen zit er een pak wolken tussen. Toe nou maar, ik heb zin om met je naar buiten te gaan.'

Ik frons mijn wenkbrauwen om zoveel onverwacht optimisme.

Vijf minuten later, een nieuw record, sta ik aangekleed naast hem in de keuken, terwijl hij al twee kopjes volschenkt. Ik brand van nieuwsgierigheid maar durf niet goed te vragen wat er is gebeurd, bang als ik ben om het verkeerde te zeggen. Het is zo fijn om hem weer vrolijk te zien, het doet me denken aan vroeger, toen hij me ook altijd zo enthousiast begroette. Ik word er stil van. Hij zal vast wel uit zichzelf beginnen. Ik snij twee plakken ontbijtkoek af en drink zwijgend mijn koffie. Tom kijkt me vriendelijk aan. 'Zullen we gaan?' Ik knik.

In het park zoeken we de rustige wandelpaden op. De doorgaande fietsroute is van een afstand goed te zien. Tientallen mensen rijden naar universiteitscentrum De Uithof, het is er druk. Een gezelschap van ongeveer twintig volwassen mannen maakt staand op geautomatiseerde tweewielertjes, blijkbaar de nieuwste rage, een tochtje. Wat daar nou de lol van is?

Hoewel de zon niet schijnt, voelt de lucht zacht aan. Toch kun je aan de bomen goed zien dat de herfst spoedig in zal zetten, de bladeren worden geel en dor, het frisse groen is overal al verdwenen.

'Wat is dit genieten, hè? Ik begrijp niet dat ik zo lang binnen heb gezeten.'

Tom stapt naast me stevig door, het hoofd opgeheven, in een vrolijk loopje, alsof hij vanuit zijn tenen omhoog wipt.

'Tja, ik weet eigenlijk niet goed waar ik moet beginnen, Mirka. Allereerst wil ik je zeggen dat ik je bezorgdheid echt heel erg waardeer. Ik was niet bereikbaar de laatste tijd, voor niemand. Ik had tijd nodig om alles op een rijtje te krijgen, en dat moest ik alleen doen.' Hij blijft stilstaan en neemt mijn handen in de zijne.

'Ik kan je nog steeds niet alles vertellen, hoe graag ik dat ook zou willen. Ik wil je alleen zeggen dat ik heel veel aan die club van Ziggy te danken heb. Het is misschien apart en controversieel wat ze doen, maar het gaat wel om de laatste wens van mensen. En ze hebben vrijwilligersprojecten in Afrika. Ze bouwen tehuizen voor kinderen, aidswezen.' Hij struikelt bijna over zijn woorden.

Ik snap er niet veel van maar knik hem toch bemoedigend toe. Dat van die tehuizen, dat wist ik, daar had Ziggy iets over gezegd, maar hoe zit het nou met die laatste wens, wat bedoelt hij daarmee?

Hij trekt me mee naar een bankje. Zijn ogen staan ernstig.

'Mirka, jij bent de enige aan wie ik het durf te vertellen. Ik moet je wel om absolute geheimhouding vragen, want ik heb plechtig beloofd om er uitsluitend en alleen met de leden van de groep over te praten. Maar vertrouwelijkheid neemt in jouw beroep een belangrijke plaats in, toch?'

Hij kijkt me vragend aan. Ik knik langzaam terwijl mijn hersenen op volle toeren draaien. Kan ik dit waarmaken? Krijg ik hier geen spijt van? Tom lijkt mijn aarzeling niet op te merken.

'Ik wil je zo graag uitleggen hoe het zit en waarom ik me nu weer beter voel. Ik heb me lange tijd zo ontzettend ellendig gevoeld...' Zijn stem hapert. 'Het had alles met Ziggy te maken. Ik weet dat je geen fan bent van haar, maar als je haar geschiedenis zou kennen, zou je echt anders over haar denken. Ze wil gewoon al jaren dood. Ze wil niet dat ik er met jou over praat, maar geloof me als ik zeg dat ze echt beschadigd is. Ik zou ermee kunnen leven als iemand dood wil. Soms hebben mensen het te zwaar, weet je. Dat zul jij ook nog wel tegenkomen, in je studie. En later in je werk.'

Ik schrik. Welke kant gaat het nu weer op? Flarden studiestof over suïcidedreiging dwarrelen ineens door mijn hoofd. Beelden van Lourens Visser die het over antidepressiva en gedwongen opnames heeft. Maar ook beelden van Ziggy en mij van vijf jaar geleden, bloederige tafereien. Ik schud mijn hoofd als in een poging om de herinneringen kwijt te raken. Ik moet me zien te concentreren op Tom.

'Deze organisatie, HiBiZcus... Kan ik je vertrouwen? Beloof je dat je dit geheim houdt?' Tom kijkt me vragend aan.

Mijn keel voelt droog, ik slik moeizaam en knik. Nu moet hij niet ophouden. Eindelijk krijg ik antwoord op mijn vermoedens van de laatste weken, op mijn ongemakkelijke vragen over Ziggy, die opeens weer is opgedoken nadat het jaren stil is geweest. Tom haalt diep adem.

'Ze nemen ontzettend veel risico daar bij HiBiZcus. Waar het op neerkomt, is dat ze helpen bij zelfdoding. En dan nog wel op de mooiste manier. Met elkaar, met een heleboel mensen die echt achter iemands wens kunnen staan om hier niet meer te zijn. Het is ongelooflijk, maar het is ook zo ingrijpend, en vooral zo bijzonder en mooi. Ik heb er geen woorden voor, ik kan het misschien ook helemaal niet uitleggen. Als je het Maya hoort vertellen, dan begrijp je vast veel beter wat ik bedoel. Ik ben er vol van, maar kan niet goed verwoorden hoe het is. Het is natuurlijk ook te gek voor woorden, iemand anders helpen met zelfdoding. Maar toch, als je mensen eerst zo ziet lijden en vervolgens, vlak voor het einde, zo ziet opleven als ze er zeker van zijn dat er eindelijk een einde komt aan hun trieste toestand, dan weet je niet wat je meemaakt. Ik heb nog nooit zoveel gevoeld als gisteravond. Moet je zien, ik heb er weer kippenvel van.'

Hij trekt zijn mouw op, de haartjes op zijn onderarm staan recht overeind.

Begrijp ik zijn woorden goed? Heeft hij nu net gezegd dat hij een groep mensen helpt om zichzelf van het leven te beroven? Is hij gek geworden? En hoe zit het dan met Ziggy? Welke rol speelt zij in dit drama?

'En hoe zit het dan met Ziggy?'

'Ziggy wil ook dood. En ik begrijp dat echt, hoe wrang het ook is.'

Volslagen onverwacht uit hij een oerschreeuw en brengt zijn hoofd tussen zijn knieën, zijn handen grijpen in zijn haar. Hij schudt zichzelf door elkaar.

Een vrouw achter een kinderwagen een eind verderop kijkt geschrokken naar ons om en loopt snel door.

Koortsachtig denk ik na. Twee uur lang heb ik met Tom in het Wilhelminapark gewandeld en geprobeerd zoveel mogelijk te weten te komen over HiBiZcus en vooral geprobeerd om hem te stoppen met deze bizarre vorm van moord. Want dat is het toch, niets meer of minder dan kille moord met voorbedachten rade, al beweert Tom nog zo vaak dat de slachtoffers er min of meer om smeken en dat het in die zin dus geen moord is maar euthanasie. Het lijden van sommigen is nu eenmaal te groot en bij HiBiZcus heeft men daar tenminste oog voor en voltrekt het eindritueel zich op een uiterst liefdevolle manier. Hij vertelt zo overtuigend en vol vuur, dat ik stilval. Wat is het alternatief voor deze mensen? Jarenlang opgesloten zitten, eindeloos aan de medicijnen, ontelbare gesprekken met hulpverleners die eveneens wanhopig worden door het onvermogen de zwaar depressieve klachten te verlichten. En ondertussen het leven aan je voorbij zien trekken in de wetenschap dat er weer een jaar voorbij is waarin je niets zinnigs hebt gepresteerd en alleen maar jezelf en anderen tot last bent geweest.

Tom heeft me murw gepraat, suf geluld. Een dorre brij in mijn hoofd is het resultaat, maar wat moet ik met al die informatie? Is Ziggy nog te redden? Mijn kleine nichtje, de schoonheid met de hoogblonde haren en de blauwgrijze poppenogen die het blijkbaar maar niet kon vinden in het leven, lijkt nu pas werkelijk in gevaar. Ik dacht dat haar verlangen om zich met een groep mensen in te zetten voor een stel kinderen in Afrika wel iets had opgeleverd, op zijn minst levenslust en een langetermijndoel. Nu weet ik het niet meer. Sterker nog, ik weet niets meer zeker. Ik ben altijd een voorstander geweest van euthanasie, want het lijkt me verschrikkelijk om niet zelf over je levenseinde te kunnen beslissen wanneer het leven ondraaglijk is geworden. Wanneer je bent verworden tot een kasplant, niet meer in staat om nog verstaanbaar uit te brengen wat je wilt zeggen, of niet meer wetend waar je het moet zoeken van de pijn, dat lijkt mij verschrikkelijk. Dat is een schrikbeeld dat je niemand gunt.

Hier zit ik dan op bed, derdejaars psychologie, altijd enthousiast geweest over mijn studie. Zo graag wil ik iets goeds doen, heb ik Sebastian laatst nog toevertrouwd, maar nu voel ik me leeg, passief en volkomen in de war, te futloos om actie te ondernemen, te murw om iemand te bellen, zelfs Sebastian niet. Trouwens, ik heb Tom beloofd dat ik mijn mond zou houden. Hij heeft het me op het hart gedrukt.

'En jij dan?' heb ik hem nog gevraagd. 'Hoe depressief ben jij?'

Hij had waterig voor zich uitgestaard. 'Ik weet het niet, Mirka. Ik ben al weken in een andere wereld. Mijn leventje van vroeger lijkt ver weg, niet meer van mij. Wat me nu allemaal gebeurt, is verstikkend, prachtig, volslagen absurd, alles tegelijk. Ik kan alleen maar bij de dag leven en me mee laten voeren, ik heb echt geen idee waar het naartoe gaat. Maar bij HiBiZcus zijn er...' hij had voorzichtig gelachen, 'nog vele wachtenden voor me. Ik ben er pas net bij, dus voorlopig hoef je niet bang te zijn dat ik... nou ja, je weet wel.'

Het is Sebastian die me per sms uit mijn passieve toestand haalt.

'Ik wil je zien meisje, nu! Waar?'

Normaal gesproken is dit genoeg om mijn benen te scheren en me haastig in een jurk te hijsen, maar nu wordt me in één klap duidelijk dat ik echt iets moet doen. Actie ondernemen. Onacceptabel om de komende uren op te gaan in de zoete geilheid van de mooiste man op aarde terwijl Ziggy en wie weet zelfs Tom in levensgevaar is. Ik grijp de telefoon en toets in.

'Ik zou wel willen maar er is even iets tussen gekomen. Om twee uur in Zussen?' Ik verstuur de sms en zet direct het geluid uit, wil nu niet door hem gestoord worden.

Opeens heb ik geen tijd te verliezen. Koortsachtig zoek ik Ziggy's nummer in mijn lijst van contacten. De telefoon gaat vier keer over, dan neemt ze tot mijn grote opluchting op. Ze vindt het goed om af te spreken. Een halfuur later loop ik voor de tweede keer die dag in het Wilhelminapark, nu met Ziggy.

Hoe kan ik tot haar doordringen zonder te laten weten dat Tom het geheim van HiBiZcus heeft verteld? De zes koppen koffie die ik vanochtend naar binnen heb geklokt, helpen niet om rustig en doordacht een strategie te bepalen, mijn hoofd staat op knappen, als bliksemschichten schieten de gedachteflitsen door elkaar heen. Vanuit de verte klinkt het stemgeluid van Ziggy terug.

'... zijn we druk aan het werk, het zou fantastisch zijn om het project te kunnen afronden binnenkort.'

Heeft ze het nu over haar eigen eindritueel? Dat kan toch niet waar zijn... Ziggy's stem klinkt onbegrijpelijk vrolijk naast me. Of vrolijk, nee, eerder oppervlakkig, alsof ze het over een kunstproject heeft, of een sporttoernooi. Alsof niet haar hele leven op het spel staat. Ik slik een paar keer. De kaarten moeten op tafel.

'Ziggy, ik weet niet hoe ik je dit moet zeggen zonder oneerlijk te zijn, dus ik zeg het maar gewoon. Ik wil er echt alles aan doen om je te helpen. Ik bedoel, om ervoor te zorgen dat je niet dood wil. Ik weet ook nog niet hoe, maar je hebt vast niet alles geprobeerd. Er zijn therapieën, medicijnen. Je bent pas achttien. Je bent nog zo jong. Er is vast meer mogelijk.'

Nog voor ik goed en wel ben uitgesproken, draait zij zich woedend naar me toe en heft haar arm alsof ze me wil slaan. Ik schrik van de blik in haar ogen. Zo ontspannen als ze er daarnet nog uitzag, zo gespannen en woest oogt ze nu. Instinctief open ik mijn handen, alsof ik me bij voorbaat wil verontschuldigen. Maar ze slaat met haar handen in de lucht en stoot een rauwe kreet uit.

'Tom heeft je dat zeker verteld, hè?'

Ik knik schuldbewust.

'Wat een klootzak. Hij heeft het recht niet. Hij had het me verdomme beloofd. Wat een lul. En jij...'

Ze kijkt me aan met een blik vol haat. 'Jij bent geen haar beter. Jullie hebben niet alleen mijn jeugd verknald, maar ook mijn toekomst. En al dat zogenaamde medeleven van je kun je in je reet steken! Ik geloof er geen barst van. Je moest nooit iets van me hebben. Je hebt nooit om me gegeven.'

Ai. Raak. In de roos. Ik weet dat ik vuurrood kleur. Ze heeft ge-lijk. Ik ben een achterbaks, leugenachtig kutwijf. Ik hou niet van haar, ik mag haar niet eens. Ik wil het liefst niks met haar te maken hebben. Hoe red ik me hier nu weer uit? Wat zit ik nou te zemelen dat ik haar zo graag zou willen helpen. Omdat ik netjes ben opge-voed. Omdat het zo hoort. Omdat ik niet met een nog groter schuldgevoel achter wil blijven. Kortom, het gaat me alleen om mezelf. Niet om haar, heel zeker niet om haar. Ze is een blok aan mijn been. Haar hele leven al.

Het kan geen toeval zijn dat het café naast Broers nu Zussen heet. Goed idee, samen eten in de stad. Ik zou een lichte salade kunnen nemen.

Lippenstift op, een speld in mijn haar en nog snel mijn ogen wat aanzetten. Om er niet als een clown uit te zien waag ik me nu niet aan foundation. Hoe anderen dat gelijkmatig op hun gezicht weten te poetsen, is me tot op de dag van vandaag een raadsel.

Snel pak ik mijn fiets en rij naar Zussen. Gedachten aan Ziggy druk ik hardop weg. 'Niet nu. Oprotten, jullie.'

Terwijl ik mijn fiets vastzet, word ik opeens weer zenuwachtig. Sebastians sms vanochtend was lief en oprecht, maar de kriebels in mijn buik zeggen ook iets anders. Hoe zal het gesprek nu gaan? En zal hij weer boos worden als ik die meditatiegroep van hem ter sprake breng? Ik wil hem hoe dan ook wel naar de reden voor die groep vragen, want na Suzannes doortastende telefoonoptreden van gisteravond kan ik niet meer terug. Ik recht mijn rug en stap café Zussen binnen, waar Sebastian al met een lege koffiekop voor zich op me zit te wachten.

'Dag schoonheid, fijn dat je er bent. Ik sterf van de honger.' Hij staat op en kust me vol op mijn mond. 'Laten we naar achteren gaan, daar kunnen we rustig aan een tafeltje zitten,' stelt hij voor.

Café Zussen is nogal barok ingericht met zijn velours loungebanken, ronde stoelen met opvallende krullen in de stoffen leuningen, en hetzelfde potsierlijke motief van de bekleding dat terugkomt op de muren. Aan de muur hangen schilderijen van mollige naakten. Achter in de twintig meter diepe ruimte staan knalpaarse banken onder knalpaarse wanden, gedecoreerd met goudkleurige krullen. Heerlijk. Twee schemerlampen van zeker vier meter hoog met reusachtige lampenkappen eraan completeren het geheel. Als modern tegenwicht hangt een groot rechthoek van matglas aan de muur waaraachter verschillende lampen voor steeds wisselende kleuren zorgen. Het café zit stampvol studenten en een paar vijftigplussers. Gelukkig klinkt er geen muziek. Sebastian neemt me mee naar de andere kant van het café, hij houdt zijn arm stevig om mijn middel. Wat een ongelooflijke uitwerking heeft hij toch op me, ik ben al bijna in staat mijn hele voornemen te laten varen om hem alleen maar urenlang glazig aan te kunnen zitten kijken en een beetje aan zijn mouw te plukken. Dan is het leven wat mij betreft al volmaakt oké.

We bestellen allebei cappuccino. Ik hou me aan mijn plan om alleen een salade te eten. Gegrilde kip met krokante spekjes en parmezaanschaafsel. Sebastian neemt een panini met mozzarella, pomodori en pesto. Ze weten het mooi op te schrijven, die Italianen.

Over de tafel heen pakt hij mijn hand en hij kijkt me ernstig aan. Ik smelt. Alleen de gedachte aan Suzannes bezorgde blik trekt me terug over de streep. Ik raap alle moed bij elkaar, terwijl ik mijn vingers voel trillen. Ik zeg het zachtjes, durf hem niet aan te kijken.

'We zitten hier niet voor niks. Je zal er toch een keer mee moeten komen.'

Sebastian antwoordt meteen. 'Natuurlijk. Zo is dat. Je bent heel belangrijk voor me. Daarom juist vind ik het moeilijk om je erover te vertellen.' Hij stopt abrupt als de serveerster ons de cappuccino brengt.

'Je moet het allemaal weten,' vervolgt Sebastian even later zijn verhaal. Hij tekent met zijn wijsvinger denkbeeldige kringen op de tafel. 'Ik hoop dat je ermee om kunt gaan. En zo niet, dan moet ik daarmee leren leven, dan is het jammer voor mij.' Hij zucht diep, kijkt me strak aan. Ik krijg het warm en zoek automatisch uitstel.

'Laten we even op de lunch wachten,' opper ik.

'Ja, natuurlijk.' Vervolgens weten we beiden niets te zeggen.

Het duurt nu toch een hele tijd voordat de serveerster terugkomt. In de tussentijd kijken we elkaar zwijgend in de ogen, strelen af en toe elkaars vingers. Normaal gesproken zou dit een spel zijn waarmee ik me urenlang vermaken kan. Nu tikken de seconden door terwijl ik mijn hart in mijn borst voel kloppen.

Eindelijk komt dezelfde serveerster naar ons toe, twee borden op de arm. Ze wenst ons smakelijk eten en snelt meteen weg.

Ik snij de blaadjes sla en kijk Sebastian vragend aan.

Hij schraapt zijn keel, neemt een hap van zijn panini.

'Waarschijnlijk vind je me een ontzettende klootzak, dat is dan maar zo. Ik moet er nu mee komen, het mag niet tussen ons in staan. Ik heb jaren geleden seks gehad met een meisje. Het was in Overijssel, toen ik nog bij mijn moeder woonde. Ik ging met een paar vrienden naar een discotheek en daar kwam ik haar tegen. We vonden elkaar leuk. Tenminste, dat dacht ik. We gingen naar buiten en begonnen te vrijen. Ik dacht dat zij het ook wilde, maar ik heb daar niet duidelijk naar gevraagd. We gingen... all the way. Later zag ik dat ze gebloed had. Het zat aan mijn handen. En aan... nou ja, het zat overal. Nee, kijk nou niet weg. Alsjeblieft.'

Ik slik en kijk hem weer aan. Er brandt een stuk hout in mijn buik.

'Je moet het hele verhaal weten en ik wil het je nu vertellen, oké?'

Ik knik dapper.

'Ze was dus nog maagd maar dat had ze me niet verteld. Ze heeft me later wel twintig brieven geschreven, dat ik een klootzak was en dat ik haar leven had vergald. Ik heb voorgesteld elkaar te ontmoeten, maar dat wilde ze niet. Ze zei dat ze bang voor me was. Ik heb haar per brief gevraagd of ik iets kon doen om het goed te maken. Ik wilde zelfs wel geld sturen, maar uiteindelijk durfde ik dat niet, ik was bang dat ze dat verkeerd zou opvatten, alsof ze een hoer was en het voor geld had gedaan.'

Hij zwijgt even. Zijn blik is nu uitdrukkingsloos. De haartjes in mijn nek gaan overeind staan. Er is meer aan de hand, ik merk het aan de manier waarop hij zijn lippen op elkaar perst en zijn schouders optrekt.

'Ja? Ga door. Dit is niet het hele verhaal. Sebastian?' Ik adem snel en hoog. Zijn stem klinkt nu zacht. Ik moet me vooroverbuigen om hem tussen het luide geprat van de andere gasten en het gerinkel dat uit de keuken klinkt, te kunnen verstaan.

'Ze schreef dat ik doorgeduwd had. Dat ik alleen aan mezelf gedacht had. Dat ik haar had verkracht.'

Mijn lichaam is één brok spanning. 'En is dat ook zo?'

'Volgens mij wilden we het allebei. Tenminste, in het begin. Ik had het niet expliciet gevraagd, maar ze zoende terug, ze hield me vast, ze lachte, echt, ze verleidde me gewoon. Ze was prachtig. Ik voelde me zelfs verliefd worden op haar. Maar later beweerde ze steeds dat ze het niet gewild had en dat ik haar gedwongen had. Dat ik haar beeld van mannen negatief gekleurd had, en haar beeld van zwarte mannen helemaal. Elke brief sneed als een mes in mijn borst. Als ik schreef dat het echt geen opzet was, greep zij dat aan om me een nog rotter gevoel te geven. Des te erger, schreef zij dan bijvoorbeeld terug. Volgens haar had ik niet eens door wat voor leed ik had veroorzaakt en was ik alleen bezig geweest met mijn eigen genot. Ik kon me niet verplaatsen in een ander. Ik was een soort beest. Soms waren het hele scheldbrieven. Vreselijk. Ik wist niet wat ik ermee aan moest en heb het uiteindelijk aan Kees verteld. Hij raadde me aan om boeddhistische meditaties te gaan doen. Dat is een goede zet geweest.'

'Hoe oud was je toen?' vraag ik.

'Achttien.'

'En zij?'

'Vijftien.' Drie jaar jonger dan hij, dus maar één jaar jonger dan ik. Waar was ik toen zij seks hadden achter een discotheek in Overijssel?

'En je had echt niet door dat zij niet wilde?'

Sebastian kijkt me ondoorgrondelijk aan.

'Ik weet het niet goed meer. Misschien ben ik inderdaad te veel met mezelf bezig geweest. Ik weet nog wel dat ze heel stil werd en dat ik niet gevraagd heb waarom dat was. Ik was zo... ik kon niet stoppen. Of wilde niet stoppen.' Zijn ogen worden vochtig. Hij wrijft met beide handen over zijn gezicht, zoals ik hem bij de meditatiebijeenkomst ook heb zien doen.

'Heeft ze aangegeven dat ze niet wilde?' Ik weet dat ik hem op de pijnbank leg, maar ik moet het van hem horen. 'Heeft ze nee gezegd? Heeft ze geprobeerd je weg te duwen?'

Hij haalt zijn schouders op. Misschien wel. Dat duwen dan. Volgens hem heeft ze niets hardop gezegd. Ze werd juist heel stil. Deed niets meer, zoende niet meer terug. Lag daar maar als een plank.

Hij was zo opgewonden dat hij er op dat moment weinig aandacht aan besteedde. Ja, hij was met zichzelf bezig. Natuurlijk ook met haar, maar dan vooral hoe geil hij van haar werd. Niet hoe het met haar ging. Daar kwam hij later pas achter, toen ze hem die brieven ging schrijven. Zijn wangen zijn nat, zijn gewoonlijk volle lippen een dunne streep.

Zijn blik is wanhopig terwijl hij mijn vingers zacht streelt. 'Ik ben geen verkrachter, Mirka. Ik zou niet eens willen vrijen als een meisje dat niet wil, daar vind ik niks aan. Dat zou jij toch kunnen weten ondertussen. Wel zorg ik er sinds dat hele gedoe voor dat ik iedere keer hardop te horen krijg dat een meisje het echt wil.'

Een klap in mijn gezicht had niet harder kunnen aankomen. Ik zuig mijn adem in, kijk hem roerloos aan. Hij heeft gelijk, dat is waar, alle keren heeft hij nadrukkelijk gevraagd of ik verder wilde gaan. En moest ik dat hardop beamen. Al die tijd heeft hij bevestiging willen krijgen. Hoe naïef was ik? Ik dacht dat het bij zijn manier van vrijen hoorde omdat hij dat lekker vond. Voor mij verhevigde die vraag in ieder geval mijn opwinding. Voor hem is het bittere noodzaak om niet nog eens dezelfde fout te maken en vervolgens met scheldbrieven achtervolgd te worden. Wanneer hij seks heeft, is hij voor een deel dus nog altijd met haar bezig, hij kan niet opgaan in het moment en zich volledig overgeven aan de liefde en het genot. Vanaf zijn achttiende moet hij altijd controle houden over de situatie.

Ik herinner me de eerste keer samen, toen hij alleen mij heeft willen laten genieten. Ik was die avond verbaasd dat hij zo gemakkelijk ging slapen. Vond het lief, ontroerend, schattig. Dat komt nu allemaal in een ander daglicht te staan. Het had niets met mij te maken en alles met hemzelf. Hij wil geen enkele kans lopen om nog een keer beschuldigd te worden, hij dekt zich voortdurend in. Wat had ik zijn woorden verkeerd begrepen. Ik voel me aan de ene kant verraden en kan het aan de andere kant wel uitschreeuwen van medelijden met hem. En ik heb nog zoveel vragen. Ik aarzel maar wil toch het antwoord weten.

'Ben je hiervoor in therapie gegaan?'

Dat is niet het geval. Hij weet wat hij verkeerd heeft gedaan, hij weet dat hij niet goed op haar reacties heeft gelet en dat hij niet openlijk heeft gevraagd of ze het wel wilde. Sindsdien besteedt hij daar bijzonder veel aandacht aan. En de meditatiegroep helpt hem om er vrede mee te krijgen.

Ik knik. Bij de meditatiebijeenkomst hebben we na de pauze de oefening van de liefdevolle vriendelijkheid gedaan. Sebastian doet die thuis ook vaak, vertelt hij. Je ervaart wat de oefening bij je oproept en moet je steeds weer concentreren op dat warme gevoel van liefde gunnen. Je neemt bijvoorbeeld iemand in gedachten of zet een foto van die persoon voor je neer. Als Sebastian het gevoel van vrede en de wens om niet te hoeven lijden naar haar wil zenden, legt hij haar brieven in een stapeltje voor zich op tafel.

'Doe je dat nog steeds, mediteren met dat meisje als onderwerp?'

'Ja.' Hij pakt mijn hele hand, knijpt er stevig in. 'Ik heb haar blijkbaar de hel aangedaan. Dit is het minste wat ik kan doen. Als zoiets als energie zenden bestaat, hoop ik dat ze dat kan voelen.'

'Geloof je daarin?'

Hij haalt zijn schouders op.

'Heb je haar nog wel eens gezien?' Ik probeer het luchtig te vragen.

'Nee, ze kwam ook niet uit de buurt. Ik was de ochtend erna nog zwaar onder de indruk van haar, we hadden zelfs adressen uitgewisseld, maar ze wilde me niet meer zien en toen ik die eerste brief van haar kreeg, wist ik natuurlijk meteen dat het niets zou worden.'

'Zou je haar nog willen zien?'

'Ik zou het graag goed willen maken. Op wat voor manier dan ook.'

Ik zwijg. Wil dat hij iets liefs zegt. Ben opeens ontzettend moe. Nu hij me verteld heeft waarover hij zich schuldig voelt, voel ik me belabberd. Kan niet zeggen of het me mee- of tegenvalt, of wat ik ervan moet vinden. Meer dan de helft van mijn salade ligt nog op het bord. Tegen heug en meug eet ik verder. De sla knispert tussen mijn kaken. Op zich is de dressing best lekker. Zonde ook om de kip te laten liggen, om van de krokante spekjes nog maar te zwijgen. Verwoed eet ik door. Ik moet en zal dat bord leeg krijgen.

'Mirka?'

Ik kijk op.

'Nu je het weet... wat denk je van me?' Hij kijkt me ernstig aan.

Ik vis een sliertje sla tussen mijn tanden vandaan. Ik weet het werkelijk niet. Wat kan ik hem zeggen?

'Misschien moet je even alleen zijn?' vraagt hij. Ik knik.

Hij roept de serveerster. 'Kunnen we afrekenen?'

We lopen zwijgend Zussen uit. Ik aarzel. Ik weet dat het goed is om even afstand te nemen en de tijd zijn werk te laten doen, zodat ik me weloverwogen een mening kan vormen over wat Sebastian verteld heeft. Of deze geschiedenis me heel erg dwars zal gaan zitten of slechts een beetje. De mooie man is in ieder geval van zijn voetstuk gevallen. Als verhitte achttienjarige, bol van de hormonen, is hij alleen maar bezig geweest met zijn eigen bevrediging, genot, plezier. En heeft hij haar goedbeschouwd verkracht, zeker als zij wel duidelijk is geweest. Het is in ieder geval, om met zijn woorden te spreken, niet iets om trots op te zijn. Ik kan deze informatie het beste rustig laten bezinken en de tijd nemen om te ontdekken wat het met me doet.

Ik maak mijn sloten los en loop met mijn fiets aan de hand naar hem toe, hij staat nog onhandig te prutsen. Eindelijk lukt het hem de sleutel om te draaien en het fietsslot springt open. Vanuit zijn voorovergebogen houding kijkt hij naar mij op, zijn blik is onzeker. Ik haal diep adem.

'Luister Sebastian, ik wil met je naar bed. Nu. En je láát het om te vragen of ik het wel wil, oké? Ik wil het en ik wil ook dat jij je overgeeft. Ik wil verdomme dat je niet aan haar denkt, maar aan mij.'

Hij fronst. 'Weet je het zeker?'

'Jezus, wat zeg ik nou? Hou op daarmee!'

Hij kijkt me aan, knikt kort. 'Oké. Bij jou of bij mij?'

'Bij mij,' snauw ik. Ik stap op mijn fiets en begin aan een flinke voorsprong. Ik kan mijn tranen en het schokken van mijn borst niet tegenhouden. Zo hard als ik kan fiets ik voor hem uit, zodat hij me zo niet kan zien.

Thuis kleedt hij me uit. Ik laat hem begaan. Hij spreidt mijn armen en benen. Ik lig open en bloot voor hem, ontspannen en passief. Mijn borst schokt niet meer, maar de tranen blijven stromen. Hij kust het zout van mijn ogen. Zijn tong strijkt over mijn hals, schouder, vingers, nagels. Aan de binnenkant van mijn arm weer terug, rondjes draaiend in mijn oksel, langs mijn zij omlaag. Mijn benen, mijn tenen. Weer omhoog. De andere helft van mijn lichaam, tot hij bij mijn mond uitkomt. Hij zuigt aan mijn lippen, vindt mijn tong. Eindelijk beantwoord ik zijn strelingen. Onze tongen glijden nat en hard over elkaar, ik klem me aan hem vast als een buideldier. Huidhonger. Dan neukt hij me, eindeloos lang, en al die tijd vraagt hij niets. Hij houdt woord. We kijken elkaar aan zonder iets te zeggen. Zijn glanzende ogen lijken me te verslinden. Ik kom expres niet, ik wil oogcontact houden. Ik kan niet klaarkomen met mijn ogen open.

Hij wel, zie ik nu.

Ik zit bij Suzanne op haar roestvrijstalen bankje, bekleed met zwarte kussens. Suzanne zet me zwijgend een glas port voor.

'Dat is inderdaad niet zo mooi van hem,' zegt ze fronsend. 'En nu? Wat voel jij erbij?'

Ik zwijg. Ik heb haar niet verteld van de onstuimige seks die we na Sebastians onthulling hebben gehad. Dat moest gewoon gebeuren al betwijfel ik of zij dat kan begrijpen, laat staan waarderen... Maar vanaf het moment dat hij wegging, kan ik mijn tegenstrijdige gedachten over zijn bekentenis niet meer stoppen.

'Eens fout, altijd fout?' vraagt Suzanne.

'Ik denk van wel. De vraag of zo iemand te vertrouwen is, blijft maar door me heen spoken.'

'Maar je hebt hem niet gelijk afgeserveerd?'

Dat niet. Ik ben in geen tijden zó verliefd op iemand geweest, hoe zou ik hem zomaar de deur kunnen wijzen? Dat hij zich kwetsbaar durft op te stellen, pleit ook voor hem. Maar in mijn zwart-wit denken schiet de weegschaal door naar kappen. Dat wel.

Onverwacht legt Suzanne een arm om me heen en knijpt in mijn schouder.

'Heb jij nooit iets gedaan waar je spijt van hebt?' vraagt ze.

Ik knik peinzend. Natuurlijk wel, meer dan genoeg. Het eerste wat nu in me opkomt, is de tweede klas middelbare school. Ik kon goed leren en mocht na de brugklas naar het vwo. Ik zat nog steeds op voetbal en speelde het liefst buiten met kinderen uit de buurt. Op de basisschool en in de brugklas was dat geen probleem. De spelregels waren toen nog duidelijk.

Maar in de tweede klas ging het mis. Ik had totaal geen aansluiting bij mijn klasgenoten, die grofweg in twee groepen te verdelen waren: de ene groep bestond uit een stel intellectuelen die het nieuws bijhielden, uren konden discussiëren over politiek en bovenal bezig waren met de vraag wat zij later wilden betekenen voor hun omgeving. De andere groep was bezig met make-up, verkering, popsterren en mode. Hier voerde stompzinnig gegiechel en het overdreven nadoen van tv-sterren de boventoon. De inwisselbaarheid van de rages en de kosten die dat met zich meebracht, vond ik onbegrijpelijk. Mijn ouders verdomden het trouwens ook om merkkleding voor me te kopen.

Algauw was het duidelijk dat ik me bij beide groepen niet thuis voelde. Ik werd verlegen, merkte dat ik uitgelachen werd als ik enthousiast vertelde over voetbal. De jongens die ik altijd als speelmaatjes had beschouwd, hadden nu een eigen wereldje waar ze mij niet meer bij wilden hebben. Ik werd niet echt gepest, maar voelde voortdurend dat ik er niet bij hoorde. Misschien kwam het doordat ik nog niet menstrueerde; ik bleef het jongensachtige speelse kind van de basisschool.

De dag waarop me duidelijk werd dat ik er echt uit lag, was de dag waarop het vierde klasgenootje dat ik had uitgenodigd voor mijn verjaardag – we zouden gaan zwemmen – met een smoes afzegde. Vanaf dat moment ben ik gaan zwijgen, in de klas en ook thuis. Alleen als een docent een vraag aan mij stelde, gaf ik antwoord. Het was van een simpele logica: als ik niets zeg, kan ik ook niets verkeerd zeggen. Dat ik dit ook thuis volhield, had alles te maken met de diepe woede die ik voelde. Mijn ouders waren veilig genoeg om de schuld aan hen te geven. Ze hadden het zo goed met me voor, maar nu ik hun hulp nodig had, konden ze niets voor me doen. Dat maakte me razend en dat zouden ze voelen ook. Ik dreef ze ermee tot wanhoop, ze maakten zich door dit boze zwijgen verschrikkelijk zorgen.

Praktisch ingesteld als ze zijn, lieten ze het er niet bij zitten. Ze schakelden de school in. En zo kwam het, dat ik op een dag door de directeur van de gang geplukt werd en even later in een klein kamertje tegenover een vriendelijk kijkende mevrouw zat. Ze was klein en gezet, met halflang grijs haar en prachtige, blauwe ogen. De schoolpsycholoog, mevrouw Willekens. Eens per week zat ik er drie kwartier. Soms stelde ze allerlei vragen, soms las ze een stuk tekst voor, liet ze me een filmfragment zien of draaide ze muziek. Soms zei ze iets over hoe zij zich voelde of wat ze had meegemaakt. Maar de eerste maanden was het vooral stil in die kleine kamer. Hoe ze het deed, weet ik niet precies, maar toch begon ik steeds meer uit te kijken naar die afspraken. Ik voelde me opgetild worden en boven mezelf uitstijgen, tijdens de drie kwartier bij haar. In die kamer sprak ik uit mezelf weer de eerste woorden, ergens begin april. Opgetogen was ik haar kamer binnengeploft. 'Het wordt opeens warmer, voelt u het ook? Aan de lucht?' Ze had glimlachend geknikt.

Ik begon weer hele zinnen te spreken. Uit mezelf. Mevrouw Willekens wist me ertoe over te halen stil te staan bij gebeurtenissen, gedachten, emoties. Er woorden aan te geven. Er boos en verdrietig om te mogen zijn. Tegen de zomer vroeg ik mijn ouders mee en zo kregen zij elkaar eindelijk te zien, de op dat moment drie belangrijkste volwassenen in mijn leven. Rond die tijd praatte ik voorzichtig weer tegen hen. Over meer en andere dingen dan vroeger. Sinds die tijd weten mijn moeder en ik van alles van elkaar, al durf ik haar nog niet alles te zeggen of te vragen wat er in mij opkomt.

Ook in de klas ging het beter. Er waren twee meisjes die me een keer mee vroegen naar een cabaretvoorstelling en met een ander ging ik vaak leren in de hal. Tot halverwege de derde klas kwam ik wekelijks bij mevrouw Willekens. Ik had intussen mijn haren lang laten groeien en mijn doorlopende wenkbrauwen geëpileerd. Ik ging op hakken lopen om groter te lijken en leerde daarmee ook vrouwelijker te lopen en met mijn heupen te wiegen. Het hoogtepunt kwam toen Michiel, een intellectuele en toch populaire vierdeklasser, me mee naar de film nam. Hij ontmaagde me daarna op een handdoek in zijn slaapkamer. 'Dankjewel, Michiel' schreef ik in mijn dagboek. Drie maanden duurde de verkering, tot ik genoeg had van zijn filosofische uiteenzettingen en liever met een stel klasgenoten opging in het uitgaansleven. De wereld van spel en erotiek ging voor me open en ik flirtte er lustig op los. Van ruw jongensmeisje dat buiten de groep viel tot een verleidelijke chick met volop vrienden om haar heen. Wie had dat ooit gedacht?

Suzanne kent deze geschiedenis. Ze weet dat ik spijt heb van dat zwijgen tegen mijn ouders. Na het eten vertrok ik steevast naar mijn kamer en draaide de deur op slot. Daar nam ik de dag door met mijn Cindy- en Fleur-poppen. Ik deed niet open als mijn moeder aan de andere kant van de deur probeerde om op haar eigen hulpeloze manier contact met me te krijgen. Ik kon mijn moeder horen huilen en toch stug volhouden. Ik had haar nooit eerder huilend meegemaakt, maar in dat jaar ettelijke keren. Ik heb haar met mijn boze zwijgen zeker gekwetst.

Wat Sebastian heeft gedaan en wat ik heb gedaan, valt dat in dezelfde categorie? Ondoordacht, egocentrisch, beschadigend – maar te vergeven?

WEEK 3

LOOSDRECHT – Rond elf uur dinsdagochtend werd door twee voorbijgangers een lichaam in het water gevonden. De politie kwam ter plaatse en constateerde dat het om een vrouw ging. De brandweer heeft het stoffelijk overschot uit het water gehaald, waarna het werd veiliggesteld vanwege eventuele sporen. Na schouwing bleek dat er geen uiterlijke tekenen van geweld te constateren waren. Behalve van enig alcoholgebruik zijn er geen sporen van verdovende middelen aangetroffen. Het 18-jarige slachtoffer was van Nederlandse afkomst en woonde op kamers. Het lichaam is vrijgegeven voor de familie.

Waar pak je de draad op? Waar moet je beginnen als het onherroepelijke plaatsvindt en je in plaats van verdriet vooral wrok en afkeer voelt, niet bepaald sociaal wenselijke emoties in tijden van zelfdoding? Ze heeft het dus toch gedaan. In hoeverre is dit haar eigen keuze geweest? In hoeverre is ze beïnvloed door die club mensen? Mijn romp lijkt een dikke worst van harde klei, stug maar met veel pressie nog enigszins in te deuken. Ik kan niet van mijn plaats komen, zit al een paar uur rechtop in bed nadat mijn moeder me op de hoogte heeft gebracht. Oom Frank en tante Josje hebben het bericht dat hun dochter is omgekomen van twee agenten vernomen. Een ongeluk, daar leek het volgens hen op.

Ik weet wel beter. Maar ben ik de aangewezen persoon om Ziggy's ouders dat te vertellen? Ik dacht het niet. Ik heb bepaald geen positieve uitwerking op hun dochter gehad.

De bel rinkelt door het hele huis. Ik voel geen neiging om op te staan en wacht tot ik een van mijn huisgenoten open hoor doen. Even later klinkt een zachte klop op mijn deur.

'Ja!' roep ik hard. Het witte, brede gezicht omlijst met donkerbruine krullen verschijnt in de deuropening. Tom komt bij me op bed zitten, slaat een arm om me heen.

'Heb je het al gehoord?' vraagt hij zacht.

Ik knik.

'Hoe voel je je?'

'Kut.' Het moest maar gezegd. Ik zucht diep.

'Weet je, Mirka, ik denk echt dat ze beter af is nu.'

'Was je erbij?'

'Nee. Dat mocht niet. De kans dat ik als familie het eindritueel zou verpesten, vonden ze te groot. Hoewel ik haar graag had gesteund, juist op het laatst. Maar ik heb wel heel goed afscheid van haar genomen. Ze zei nog', hij kijkt me aan en streelt over mijn haar, 'dat ze je alles vergeeft. Ik weet niet precies wat er tussen jullie speelde, maar ze neemt je niets kwalijk. Ze was je heel dankbaar. Je hebt haar echt geholpen.'

Ik word misselijk. Het zweet breekt me uit. De tranen springen tot mijn verbazing in mijn ogen en druppen langs mijn wangen. Ik verberg mijn gezicht in zijn hals.

'Luister, Mirka, Ziggy had voor haar gevoel geen toekomst.'

Zoiets had ze in het park ook al gezegd. Tom en ik zouden haar toekomst verpest hebben. Wat had Tom daarmee te maken? Ik kijk op.

'Ze wilde niets liever dan later moeder worden. Maar ze kon geen kinderen krijgen.'

Mijn adem stokt. Ik kijk Tom wezenloos aan. De worst van klei in mijn romp lijkt in één klap van steen geworden. Gebakken in een oven van veertienhonderd graden. Ik begrijp nog niet alles, maar één kwartje valt.

Zestien was ik toen ze mij in paniek had opgebeld. Ik moest en zou komen, onmiddellijk. Door de urgentie in haar stem had ik flink doorgefietst zodat ik er binnen tien minuten was. Flitsen van herinneringen schieten door me heen, van Ziggy op een stapel handdoeken op haar bed, haar benen gespreid, haar schaamhaar lang en krullerig, net zo blond als haar hoofdhaar. Ik weet nog dat ik me over die kleur verbaasde. Ik had verwacht dat het veel donkerder was. En hoe belachelijk ik dat van mezelf vond. Haar gezicht was vertrokken en spierwit, dit was niet het moment om me te verbazen over de kleur van haar schaamhaar. Ze had een uur als een bezetene op me ingepraat, waarna ik uiteindelijk had toegegeven. Ik zou haar helpen, zo goed en zo kwaad als ik kon. Ik kon haar zoals gewoonlijk niets weigeren.

Ze was zwanger en het was te laat voor de morningafterpil. Haar ouders zouden de hele avond weg zijn. Na deze avond kon ze terugkeren naar het normale leven. De enige van wie ze wist dat die het zou kunnen, was ik. Ik kon een knop omzetten, beweerde ze, en doen wat noodzakelijk was. Ik was drie jaar ouder dan zij, ik was haar grote, stoere nicht, altijd al geweest. Zij was dertien, het kon niet, ze wilde het kind niet, het moest en zou eruit, kapot, weg, nu.

De koker breinaalden lag al klaar, maar ik kon me niet voorstellen dat er geen andere weg was. 'We kunnen toch naar een abortuskliniek?' stelde ik voor.

Ziggy schudde haar hoofd. 'Als je langer dan vijf weken zwanger bent, heb je een verwijzing van je huisarts nodig.'

Hoe wist ze dat nu weer? Internet. Maar dan vroegen we die verwijzing toch? Ik haalde mijn schouders op, zag het probleem niet.

Ziggy wilde dat niet; haar huisarts was goed bevriend met haar ouders. Ze was bang dat hij hen alsnog op de hoogte zou stellen. Ik wierp tegen dat hij beroepsgeheim had.

'Geloof je het zelf? Ik ben dertien. De kans dat die kerel mij zo nodig wil opvoeden en toch mijn ouders in gaat lichten, is veel te groot. Denk nou even na.'

Daar had ze een punt. Nadenken moest ik. Er zou toch zeker wel een andere mogelijkheid zijn dan die ouderwetse breinaalden? Ik vroeg haar waar de computer stond. Een uur lang googlede ik me suf. Afgezien van vallen van de trap, kwam er zowaar nog een optie naar voren. Volgens een artikel over de abortusboot Women on Waves waren twee medicijnen geschikt om vroegtijdig een abortus mee op te wekken. Het maagzuurmiddel Cytotec en het gewrichtspijnmedicijn Arthotec. Ik kon wel juichen, toch nog een normale oplossing.

Ziggy las met me mee.

'Jasses! Kijk dan! Daar kun je een gescheurde en geperforeerde baarmoeder van krijgen! Ben je gek geworden!'

'Dat kan gebeuren, maar het hoeft niet. Enig idee hoeveel risico je loopt als ik je met breinaalden ga doorboren?' wierp ik stug tegen. 'Belangrijker is, hoelang je al zwanger bent,' vervolgde ik. 'Hier staat dat het alleen kan als je niet langer dan negen weken zwanger bent.' Ik keek haar vragend aan.

Ze schudde kort haar hoofd. 'Te laat.'

Nu sloeg de paniek toe. Ze was zo vastberaden, terwijl ik bloed-zenuwachtig nog naar andere mogelijkheden probeerde te zoeken op internet.

'Je moet me helpen, je wil me toch wel helpen?' herhaalde ze steeds, waardoor ik helemaal het gevoel kreeg dat ze me het mes op de keel zette. Natuurlijk wilde ik haar helpen, maar hoe? Hoe dan?

Ziggy had de hulpstukken gepakt: een paar soeplepels en een koker breinaalden. Oma had er truien mee gebreid voor ons en nu moest ik haar binnenste ermee kapotmaken. Ze kon het zelf niet, zei ze. Ze had het geprobeerd, alleen, maar ze durfde niet door te drukken.

Haar stem was zo laag en rasperig, dat ze klonk als een man.

Nu ik eraan terugdenk, word ik opnieuw vervuld van schaamte. Ik heb er na die avond zo min mogelijk aan gedacht. Ik wilde ook niet weten van wie ze zwanger was geweest. Het hele idee stond me tegen. Welke klootzak deed nu zoiets? Ziggy was nog helemaal niet met jongens bezig, voor zover ik wist. Ze was dan wel mooi, maar nog zo'n kindmeisje, aan alle kanten plat.

De eerste weken na die avond leerde ik me aan om te gaan zingen als de herinneringen zich opdrongen. Dat verdrong de af-schuw, mijn dichtgeknepen keel, de misselijkheid. Dan was het als-of ik voor het weggemaakte kindje zong, alsof het mij kon horen. Alsof het wel leefde en ik voor hem zorgde. Na verloop van tijd voelde dat zelfs prettig; ik dacht dat hij het fijn vond als er voor hem gezongen werd, waar hij dan ook was, alsof hij opbloeide als er ie-mand positief aan hem dacht. Ik kon het natuurlijk helemaal niet weten, maar voor mij was het een jongetje. Een jongetje zonder naam. Soms verklaarde ik mezelf voor gek, dat ik voor een jongetje neuriede, liefde voor hem voelde en daar troost uit haalde, terwijl ik meegeholpen had aan zijn dood.

Het was een ontzettende puinhoop geweest die avond. Vanaf het moment dat Ziggy spierwit in de deuropening verscheen tot het moment dat ik de hevig bebloede handdoeken in een vuilniszak had gestopt, leek het één grote, chaotische nachtmerrie.

'Weet je het heel, heel zeker?' vroeg ik voor de twaalfde keer. Ziggy lag voor me, haar benen wijd open, een kussen onder haar billen. We hadden vuilniszakken op het bed gelegd, daar overheen oude handdoeken. De breinaalden en soeplepels hadden we overgoten met kokend water om ze zoveel mogelijk te ontsmetten. Daarna lieten we ze afkoelen.

'Het lijkt mij nog steeds geen goed idee,' zei ik.

'Het moet. Begin nou maar,' zei ze. Ze pakte de natte washand om in te bijten als de pijn niet uit te houden zou zijn en bracht hem ernstig omhoog, als een vlag die werd gehesen als aanvalsteken voor de strijd.

Haar onverbiddelijkheid won het van mijn paniekerige onzekerheid. Ik vermande me en richtte mijn blik op haar vagina. Nog nooit had ik een schede van zo dichtbij gezien. De schaamlippen kreukelden voor me open. Met de soeplepels drukte ik de wanden verder uit elkaar. Ik werd bijgelicht door de lamp op mijn hoofd, een reisattribuut van oom Frank dat hij steevast meenam op vakantie. Een rode, bobbelige gang voerde naar wat de baarmoedermond moest zijn. Ik ontwaarde inderdaad een kleine mondvormige opening. Daar zou de breinaald naar binnen moeten om de vrucht te doden. Ik liet één lepel los en pakte een breinaald. Geconcentreerd schoof ik hem een eindje naar binnen. Ik liet hem los om met beide soeplepels beter te kunnen bepalen waar ik precies moest doorduwen, want ik was bang om de vaginawand kapot te maken. Waar was ik in vredesnaam aan begonnen? Ziggy gaf geen kik. Ik kreeg het voor elkaar om met mijn linkerhand de twee lepels vast te houden terwijl ik met mijn rechterhand de breinaald tegen het midden van de baarmoedermond plaatste.

Ik keek omhoog.

'Volgens mij zit ik goed zo.'

'Doorduwen dan,' zei zij. Ze hapte in de washand ten teken dat ik niet langer moest wachten. Ze was er klaar voor.

Ik concentreerde mij op de breinaald en drukte hem in het midden van de baarmoedermond. Ik voelde de weerstand, schoot opeens een stukje door. Ziggy's lichaam verkrampte, ik hoorde gesmoorde keelgeluiden.

'Moet ik doorgaan? Moet ik stoppen?' vroeg ik met trillende stem.

'Nee nee,' klonk het gesmoord boven me. 'Ga door. Het moet.'

Ik trok de breinaald iets terug en duwde weer, en nog eens en nog eens, steeds iets dieper. Ik deed precies wat ze me opgedragen had. Het bloed gutste nu langs de breinaald. Een weeë geur vulde de kamer. Ik voelde een vreemde roes over me komen, alsof ik een belangrijke taak verrichtte die verder alle emoties uitsloot. Ik sloot me af voor haar paniek en pijn. Het gekreun leek nu ver weg. Ik had geen besef meer van tijd of plaats. In opperste concentratie voerde ik de handelingen uit. Wel uren had ik kunnen doorgaan. Ik was als een legerarts in een tentenkamp die geen tijd had om na te denken maar gewoon deed wat zo snel mogelijk gedaan moest worden en zich had losgemaakt van de kreten van zijn gewonde patiënt.

'Het is wel goed zo,' hijgde ze opeens, 'hij is vast al dood.'

Ik keek verstoord op, wilde niet uit mijn roes komen. 'Dat lijkt mij wel erg snel, Ziggy. We moeten het zeker weten.'

'Hoe kunnen we dat nou zeker weten. Je moet ophouden. Ik word gek.' Haar stem klonk nu schril en hard. Ik stootte nog drie keer stevig door, niet gehinderd door haar geschreeuw, trok toen de breinaald terug.

'O god, help me, ik word niet goed, ik ga flauwvallen zo,' hijgde ze.

In één klap was de roes weggevaagd. Ik raakte opnieuw in paniek. Wat had ik gedaan? Het bloeden hield maar niet op en Ziggy stond op het punt het bewustzijn te verliezen. Na alles wat ze vanavond tegen me had gezegd en waarmee ze me had overtuigd, kon dit toch niet gebeuren? Haar lichaam zou, als de vrucht eenmaal dood was, automatisch de bevalling opwekken, het lichaam zou de dode vrucht immers willen afvoeren en dan zou alles vanzelf voorbij zijn. Had ze eerder al gelezen op internet. Ik had nooit overstag moeten gaan, ik had dit nooit moeten doen... Zwart voor mijn ogen nu. Ik zag maar één oplossing.

'We bellen 1-1-2.'

Ziggy knikte, nu weer verwoed bijtend in de washand. Haar gezicht was verwrongen van de pijn.

Ik pakte mijn mobiele telefoon en belde het noodnummer. 'Mijn nichtje is ernstig gewond. Jullie moeten nu komen. Het bloed gutst eruit.' Ik gaf haar naam en adres door. 'Nee, ze kan niet lopen. Ze heeft geprobeerd abortus te plegen.' Dit was blijkbaar voldoende informatie, ze zouden direct komen.

Ik hing op. 'We zeggen dat je het zelf hebt gedaan, oké?'

Ze knikte.

Een kwartier later lag Ziggy in de ambulance. 'Zal ik meegaan?' vroeg ik.

Ziggy schudde haar hoofd. Ze wenkte me dichterbij met haar hand en fluisterde in mijn oor zodat het ambulancepersoneel haar niet kon verstaan: 'Als jij nou de boel opruimt...'

Ik zou op dat moment alles voor haar hebben gedaan.

Ik knikte. 'Natuurlijk.'

'Ons geheim hè?'

'Ja, natuurlijk. Ons geheim.'

Voor het eerst die avond zag ik haar flauw glimlachen. Ik kon wel huilen en lachen tegelijk.

Tom schudt me door elkaar. 'Mir! Wat is er?'

Ziggy kon geen kinderen krijgen, de boel is onherstelbaar beschadigd vanbinnen. Door mij. Dat ik dat zelf niet heb bedacht.

'Zeker door die abortus?' vraag ik zacht.

Nu is het de beurt aan Tom om verbaasd te kijken. 'Hoe weet jij dat?'

'Ik was erbij.'

'Wát?'

'Ik was erbij.'

'Ja, ik versta je wel.' Hij schudt zijn hoofd, zijn bruine krullen dansen op en neer op zijn schouders.

Ziggy heeft Tom verteld van de abortus, maar niet dat ik die heb uitgevoerd. Heftige menstruatiepijnen hadden elkaar opgevolgd. Er was sprake geweest van een infectie, waarvoor ze zich veel te laat had laten behandelen. Nog altijd bang voor de huisarts en haar ouders. Een jaar geleden had ze een artikel in een tijdschrift gelezen en zich opeens afgevraagd of ze nog wel vruchtbaar was. Zodra ze op kamers woonde, had ze een nieuwe huisarts genomen, die een onderzoek bij de gynaecoloog voor haar regelde. Daar was uitgekomen dat ze geen kinderen kon krijgen. De gynaecoloog had haar ernstig aangekeken, direct het slechte nieuws verteld en haar de mogelijkheid van adoptie aan de hand gedaan. Haar wereld was ingestort. Ze had al geen flauw idee wat ze met haar leven wilde doen, en nu was het enige wat ze wel zeker wist, dat ze moeder wilde worden, haar voorgoed ontnomen. Bij voorbaat nog wel.

Ik tuit mijn lippen. 'Wat een ellende.'

Tom begint een heel betoog. Dat het toch logisch is dat Ziggy niet meer verder wilde. Ze wist niet wat ze wilde worden, wat haar interesseerde, waar ze goed in was. Ze had een matig contact met haar ouders. Eigenlijk had ze ook geen echte vrienden en evenmin lukte het om een relatie aan te gaan. Ze werd gewoon niet verliefd, vond iedereen irritant. Ze leek geen behoefte te hebben aan andere mensen, maar ze ging ook niet op in een of andere hobby of passie. Haar verdienste was haar uiterlijk, maar zelf vond ze dat zo saai en leeg, dat dit niet bevredigde. Haar schoonheid heeft haar van jongs af aan meer in de weg gezeten dan dat die intimiteit opleverde. Ziggy heeft een abortus moeten doorstaan, en het bericht over de fatale gevolgen daarvan kwam precies in de periode dat ze volwassen aan het worden was en zich realiseerde dat moeder worden eigenlijk het enige toekomstbeeld was dat haar plezier bezorgde.

Ze voelde zich al jaren nutteloos en depressief. We mogen haar deze rust gunnen, vindt Tom. De laatste weken bij HiBiZcus heeft ze wel verbinding kunnen maken met gevoelens van liefde en berusting. Ze heeft iets goeds willen doen voor die aidswezen. Ze heeft zich onderdeel van een groep gevoeld, geaccepteerd door de andere leden. Die mensen waren niet onder de indruk van haar mooie hoofd en slanke lichaam. Iedereen was bezig met de dood, met willen stoppen, met afscheid nemen. Vrede vinden in hoe verschrikkelijk je je voelt. De strijd mogen opgeven. Anderen helpen met het eindritueel. Saamhorigheid. Ziggy was blij geweest met deze onverwachte ontwikkeling. Dat was meer dan ze al die jaren ervoor aan vreugde had beleefd. Het was goed zo.

Hoe lief Tom het ook bedoelt, ik luister maar met een half oor. Wie zijn wij om te oordelen. Er gaat een rilling door me heen als de beelden van de abortus weer helemaal terugkomen. Kippenvel over mijn lijf, koud zweet in mijn oksels.

Suzanne toetert in mijn oor.

'Waar ben jij mee bezig?' versta ik eindelijk. Vier keer heb ik vragend mijn schouders opgehaald, nee geschud en een hand achter mijn oor gelegd om haar duidelijk te maken dat ik er niets van verstond. Ik kom nog een heel eind met gebarentaal. Wie weet kan ik doventolk worden als ik het vertrouwen in mezelf als psycholoog helemaal kwijt mocht zijn. Die mensen zien er zo grappig uit op het nieuws. Hoe de doventolk op tv het woord swaffelen uitbeeldde was ronduit hilarisch, het leek wel een slapstick. Ik krijg een lachkick, zie ons in gedachten al eindeloos naar elkaar gebaren zonder een stap verder te komen. We zijn met een groep studenten in Tivoli beland, waar een Eighties Party aan de gang is. De muziek dreunt oorverdovend, de hele zaal gaat uit zijn dak op *Dancing in the Dark*.

Ik sleur Suzanne mee naar de hal. Het was niet mogelijk een normaal gesprek te voeren in de grote ruimte, maar hier, bij de garderobe, lukt het net.

'Lieve schat, wat is er toch aan de hand?' raaskal ik. Ik kijk haar met rollende ogen lachend aan. Ik moet eruitzien als een vrolijke gek.

'Volgens mij is dat al je zesde wodka-jus!'

Zowaar versta ik haar nu. Ik krab op mijn hoofd. Als het die kant opgaat, is het einde van het feest vast in zicht.

'En met wie stond je nou te dansen? Die knul hing helemaal over je heen. Dit gaat niet goed, Mirka. Je bent er toch nog niet uit met Sebastian?'

Ik pers mijn lippen op elkaar. Waarom laat ik me in vredesnaam zo gaan? Het is vast de drang om er niet te willen zijn, om het hele gedoe met Ziggy van me af te gooien. Als een verre droom. Een onbewoond eiland. Het leven is nu. Het verleden bestaat niet meer.

Opgaan in de feeststemming, de mensenmassa, de muziek van vroeger. Handen van een vreemde. Onbekende adem in mijn gezicht. Lachende ogen. En ja, natuurlijk, de drank helpt nog het meest om ver weg te raken. Een minivakantie, bestemming onbekend. Ik lijk lichtjaren weg van Ziggy, van Sebastian met zijn meisje achter de disco, van Tom die op het manische af kan oreren over HiBiZcus. En van die vreselijke abortus. Alleen het jongetje voor wie ik daarna had gezongen is weer helemaal terug. Maar nu wil ik niet voor hem zingen. Het voelt niet goed. Ik heb hem kapotgemaakt. Ik ben wel de laatste die voor hem mag zingen.

Lachen, dansen, drinken en verleiden: mijn vlucht voor mijn herinneringen, voor mezelf. Gelukkig is daar Suzanne. Ze klinkt als een schooljuf, maar ze heeft het beste met me voor. Ze houdt van me, ze is een echte vriendin. Ik schiet vol. Nu word ik ook nog sentimenteel.

'Je bent echt bezorgd om mij. Wat lief! Ik hou ook van jou,' snik ik en omhels haar stevig.

'Mirka! Doe normaal alsjeblieft! Je hebt echt te veel gedronken. Kom, we gaan naar huis.'

Ik laat me gewillig meevoeren door de felverlichte gang, de Oudegracht op, de nacht in. Onderweg komt alles eruit, is dit nu letterlijk je gal spuwen? Drie keer moet ik stoppen om mijn braaksel in grote golven de weg naar buiten te laten vinden. Suzanne, trouw als altijd, fietst met me mee naar huis. Biedt aan om te blijven slapen. Ik bezweer haar dat ze mijn beste vriendin is en sla haar aanbod af. De vernedering hoeft niet nog groter te worden.

Ik strompel de gang door, op zoek naar de deur van mijn kamer. De gang lijkt langer dan ooit tevoren. God, wat voel ik me beroerd. Halverwege blijf ik bij de wc-deur staan. Bij de gedachte aan de toiletpot reageert mijn maag al. Getver. Kokkend hang ik boven de pot. Probeer de geluiden zo goed en zo kwaad als het gaat te dempen voor mijn huisgenoten. Zweet en tranen mengen zich op mijn gezicht.

Lieve God, bid ik stilletjes, ik beloof dat ik nooit meer zoveel zal drinken. Ik beloof het echt. Mag dit dan nu alstublieft ophouden?

De mist trekt iets op. Ik hijs mezelf overeind, veeg zo goed en zo kwaad als het gaat de bril schoon met wc-papier en water uit het fonteintje.

'Ik beloof je dat ik morgen met kokend water en een fles bleekwater terugkom,' fluister ik tegen de pot, en ik trek door.

Ik vervolg mijn tocht naar mijn kamer. Daar is de keuken. Zoals gewoonlijk brandt er licht. Gezellig. Mijn kamer ligt er schuin tegenover. Ik duw de deur open en stommel in het donker naar mijn bed. Ik laat me vallen en knal daarbij op iets hards.

Ik schrik me kapot. Wat ligt er in mijn bed? De adrenaline schiet door mijn benevelde hoofd. Het volgende moment hoor ik het zoevende geluid van het dekbed dat wordt opengeslagen. Een arm slaat zich hard om mijn hals. Tegelijkertijd voel ik een hand op mijn mond zodat ik het niet uit kan schreeuwen.

'Als je belooft dat je niet gaat gillen, haal ik mijn hand weg,' fluistert iemand naast me. Ik knik langzaam en nadrukkelijk dat ik het begrepen heb. Mijn hart klopt in mijn keel. De hand laat mijn mond los, de greep om mijn bovenlijf verslapt en hijgend draai ik mijn hoofd naar de figuur in het donker naast me.

'Waar heb jij in hemelsnaam uitgehangen?'

Een golf van opluchting slaat door me heen; deze stem herken ik uit duizenden. Ik steek mijn hand uit en tast naar zijn gezicht, zijn stugge korte haar, zijn volle mond. Wat had ik dan gedacht? Dat een seriemoordenaar zich in mijn bed schuilhield? Ik schud mijn hoofd.

'Sebastian! Hoe kom jij hier binnen?' Ik knip het nachtlampje aan.

'Een vriendelijke huisgenoot van je heeft me tot je paleis toegelaten. Hij durfde het wel aan omdat hij me al eerder met jou gezien had, buiten.'

Verdomd, dat herinner ik me, dat was de eerste keer dat ik hem had meegenomen. Ik zucht nog maar een keer van opluchting. De spanning is nog niet helemaal verdwenen.

Sebastian stapt uit bed en komt even later terug met vier longdrinkglazen vol water.

'Het lijkt me dat je dit nodig hebt, meisje. Ik kon geen kan vinden. Heb je het leuk gehad?'

Ik knik en begin aan het eerste glas.

'Zie ik er zo aangeschoten uit? Ik dacht dat wodka geen kegel gaf?'

'Ik hoorde je op de gang. En op de wc.'

Oef. Dat valt niet in de categorie aantrekkelijke vrouw. Het schaamrood stijgt me naar de kaken, ik voel mijn wangen warm worden.

'Langzaam drinken. Hoe meer water je nu opneemt, des te kleiner de kater morgen.'

Ik volg zijn advies op. 'Ervaringsdeskundige?' probeer ik te grappen.

Zijn gezicht blijft ernstig. Ik concentreer me maar weer op het water.

Sebastian houdt me voor dat hij in geen dagen van me gehoord heeft. Nu hij me eindelijk ziet, en me daarnet hoorde, heeft hij niet de indruk dat het bijster goed gaat met me. Hij kijkt me vorsend aan, fronst zijn wenkbrauwen licht.

Wat moet ik zeggen?

'Waar ben je nou mee bezig dat je eerst dagenlang niets van je laat horen en vervolgens stomdronken midden in de nacht thuiskomt?'

Ik trek geïrriteerd mijn wenkbrauwen op. Sinds wanneer ben ik hem tekst en uitleg verschuldigd? Bij mijn weten zijn we er nog helemaal niet over uit of ik wel met hem verder wil, gezien zijn minder rooskleurige verleden. Ik mag dan flink aangeschoten zijn, maar ik heb ze nog wel op een rijtje.

'Ik dacht dat we op een heel ander punt stonden, Sebastian. Namelijk de vraag hoe betrouwbaar jij bent. Je mag je dan supercorrect gedragen hebben tegenover mij, met die eeuwige vraag van je of ik "het" wel wil, maar wie zegt mij dat je niet weer je zelfbeheersing verliest als ík een keer geen zin heb? Ga je je dan ook aan mij vergrijpen?'

Mijn woorden treffen hem als slagen. Ik zie hem ineenkrimpen. Ik ben boos en heb geen medelijden. Nu niet. Nog niet. Straks, misschien. Hopelijk.

'Of stel je een ander scenario voor,' ga ik vooralsnog meedogenloos door, 'stel ik heb geen zin, en jij met je warmbloedige lijf wel, pak je dan zolang maar een ander? Gaat je genot dan voor de liefde?'

Ik kijk hem lodderig aan. Met al die alcohol in mijn lijf word ik er niet milder op. Hij kijkt gepijnigd terug en schudt zijn hoofd.

'Jezus, Mirka, heb je eigenlijk wel iets begrepen van wat ik je heb verteld? Ik volg niet wekelijks meditatiesessies om daarnaast gewoon door te gaan met zelfzuchtig rondneuken. Je kunt toch echt niet zeggen dat ik geen rekening met je heb gehouden. Als er iets is waar ik aan gewerkt heb, en wat me verdomd goed af gaat, is het dat ik me tegenwoordig weet te beheersen. Je moet me geloven dat het eenmalig was. Je moet me vertrouwen.'

'En die achterlijke beet in mijn vinger dan?' Ik ben nu goed op dreef. 'Noem je dat zelfbeheersing? Dat sloeg toch nergens op!'

Sebastian zakt nu terug in de kussens. Hij slaat een hand voor zijn gezicht. 'Daar heb ik je mijn excuses al voor aangeboden. Ik dacht dat je alleen maar nieuwsgierig was en wist toen nog niet of ik je mijn verhaal wel durfde toe te vertrouwen.'

Mistroostig voegt hij eraan toe dat hij dat misschien ook maar beter niet had kunnen doen. Dat het er niet in zit voor ons. Hij had echt gehoopt dat ik het zou kunnen begrijpen. Het meisje met wie hij samen wil zijn, moet dit immers van hem weten, anders zou het altijd tussen hen in staan als een onuitgesproken leugen die almaar groter zou worden. De relatie zou daardoor vroeg of laat uit elkaar knallen als een ballon.

'Misschien ben je inderdaad niet de geschikte partner voor mij,' besluit hij somber.

Ik krijg ongehoord de pest in, dit gaat helemaal de verkeerde kant op. Wat we hebben, glipt als zand tussen mijn vingers weg als ik niet uitkijk. Mijn hart klopt in mijn keel. Koortsachtig denk ik na. Ik wil hem zo graag, maar kan ik hem vertrouwen? En kan ik mezelf weer geven zoals vóór zijn bekentenis? Of is dat voor dit moment te veel gevraagd en hebben we gewoon meer tijd nodig? Moeten we maar zien hoe het gaat? Ik besluit tot uitstel.

'Mijn nichtje van achttien is overleden, twee dagen geleden.' Ik stop even om het effect te versterken. Inderdaad schrikt Sebastian, zijn hele gezicht straalt ontzetting uit.

'En dat vertel je me nu pas?' roept hij uit.

Ik vertel dat ze is gevonden in de Loosdrechtse Plassen, verdronken. Sebastian wil weten of er iemand bij was. Vast wel, maar dat kan ik nu maar beter voor me houden. Ik heb Tom niet durven vragen hoe die organisatie van hem de mensen helpt met hun zelfgewenste dood. Ik krijg acuut de rillingen als ik daar over na moet denken.

'Nee, ik geloof het niet. Niemand heeft zich gemeld, voor zover ik weet. Overmorgen is de begrafenis.'

Tot mijn eigen verbazing staan de tranen plotseling in mijn ogen. Sebastian trekt me zachtjes naar zich toe, zijn armen vallen als een deken om me heen. Hier, bij hem, met zijn adem in mijn haar, voel ik me beschut en veilig. Zo blijven we zitten. Ik word loom en moe, hondsmoe ben ik. Ik kan mijn ogen niet langer open houden. Ik wil slapen en Ziggy vergeten. Ik wil van deze mooie man houden, alle narigheid vergeten, zijn warme lijf tegen me aan voelen en samen de verdoving van de slaap inrollen. Ik trek zijn armen nog wat steviger om mij heen.

'Ik hou van jou, Sebastian,' mompel ik in mijn wegebbende dronkenschap, vlak voordat ik echt slaap. 'Niet vergeten, hè.'

'Niet vergeten, Mirka,' echoot hij zachtjes.

Ik heb een slaapzak meegenomen voor het geval ik hier lang moet blijven zitten. Hij is in ieder geval zacht in mijn rug nu ik tegen een boom aanleun. Het is nog vroeg in de ochtend, een uur of zeven schat ik, ik zie af en toe alleen iemand met een hond lopen. Een enkele fietser, voorovergebogen over zijn stuur. Nu de zomer echt achter ons ligt, is het toch frisser aan het worden. Ik kijk uit over de Vecht, die vol woonboten ligt. Dat was ooit een droom van mij, een eigen woonboot. Zou ik daar nog aan toekomen, of ben ik al over de grens? Dat ik niet meer terug kan, of terug wil, naar mijn oude dromen... Het leven weer oppakken... Mijn werk, mijn vriendschappen, mijn liefdes. Het lijkt zo lang geleden dat ik die dingen belangrijk vond. De energie om dat allemaal weer interessant en de moeite waard te gaan vinden, ontbreekt volledig.

Wat me wel bezighoudt zijn Maya en Hannes, de leden van Hi-BiZcus. Chris. En Mirka natuurlijk. En de dood van Ziggy. Morgen is de begrafenis. Maya heeft me verboden er te gaan spreken. Het is me niet helemaal duidelijk waarom, ze zei iets over risico's, een verkeerde indruk wekken als ik zou laten merken te veel vrede te hebben met haar overlijden. Er mogen geen vragen rijzen, Ziggy's dood moet een ongeluk lijken. Volgens Maya kan ik mij de komende tijd beter op mezelf richten. Zij stelde me gisteravond een vraag waar ze binnenkort een antwoord op wil: lijd ik genoeg om niet verder te willen, of kan ik nog terug?

'Er is niets mis met begeleider zijn, dat weet je toch?' had ze gezegd. Haar warme, bruine ogen stonden vriendelijk. 'Ik weet het niet met jou, Tom... Je hebt mij nog niet overtuigd. Misschien kun jij wel de weg naar je oude leven oppakken, nu je je schuldgevoelens over Ziggy los kunt laten... Je hebt ontzettend veel voor haar betekend, vriend. Wie weet lukt het je om je eigen leven weer op de rit te krijgen. Niet iedereen is beter af door het eindritueel aan te gaan...'

Ik had geknikt, maar toch merk ik nu dat ik teleurgesteld ben door haar afhoudende woorden. Ik heb helemaal geen zin om mijn leven weer op te pakken, heb ook niet het gevoel dat ik mijn schuld heb ingelost. Ik ben in vaarwater terechtgekomen met een sterke onderstroom. Nu nog terug willen peddelen wordt veel zwaarder dan het er oppervlakkig gezien uitziet. Maar Maya heeft wel een punt; de vraag of mijn lijden zwaar genoeg is om al aan euthanasie te denken, moet ik oprecht met ja kunnen beantwoorden. De rare opgetogen en opwindende gevoelens die ik bij het sterven van Ylva had, kan ik als begeleider steeds opnieuw ervaren. Als ik wil. Maar mag dat een motivatie zijn om erbij te blijven? Nee toch zeker. Het is verdomme geen kick, geen pepmiddel, geen verslaving. Je moet er als begeleider honderd procent van overtuigd zijn dat iemand aan de laatste reis wil beginnen. Je eigen gevoel tijdens het begeleiden doet er daarbij niet toe, mag er niet toe doen. Je staat zuiver en alleen in dienst van de ander.

Ik voel me schuldig over mijn gedachten. Daar heb ik wel het patent op de laatste tijd. Maar ondanks dat schuldgevoel merk ik steeds vaker dat er een groeiend verlangen is om verder te willen gaan dan alleen begeleiden. Chris vertelde me dat bijna niemand de grens trekt bij het begeleiden. In het jaar dat hij nu bij HiBiZcus zit, zijn alle mensen die al langer lid waren, aan hun reis begonnen. Uit een oprechte doodswens, of ook uit nieuwsgierigheid? Je kunt Maya of Hannes toch niet beschuldigen van manipulatie en moedwillig overtuigen, nadat mij gisteren zo duidelijk verteld is dat ik voorlopig niet aan de beurt ben. Maya probeerde mij eerder de andere kant op te bewerken, wat me overigens niet lekker zit. Ik wil er juist wel bij horen, niet teruggestuurd worden mijn saaie leven in. Als ik denk aan mijn baan als sociaal geograaf bij de gemeente Utrecht, de afstandelijke collega's, het huisje in Lombok, dan word ik koud vanbinnen. Saai en eenzaam, dat is wat ik ben. Ik heb geen enkele band met de mensen die hier voorbij varen, of die ik verderop zie fietsen. Niet met de vogels in de lucht of de honden op het gras. Niet met de mensen met die honden die hier vrolijk rondlopen en praatjes maken met andere hondenbezitters die ze misschien niet eens kennen. Blijkbaar weten zij wel hoe ze contact kunnen leggen, hoe ze anderen als vanzelfsprekend vertrouwen, hoe ze zich waardevol wanen zonder daar iets voor te hoeven doen.

Als ik echt niet meer verder wil, dan kan ik ook zonder HiBiZcus een eind aan mijn leven maken. Er zijn vast zachtere manieren om te sterven. Of snellere. Toch krijg ik acuut buikpijn van de schrik, ik word misselijk bij de gedachte om het alleen te moeten doen, zonder het ritueel en de mensen van HiBiZcus erbij. Ik zou het ook niet durven, denk ik. In ieder geval niet willen. Wat ik wil, is het onderwerp van het eindritueel zijn, de hoofdpersoon van het scenario. Niet ergens in m'n eentje in een hoekje de stekker eruit trekken. Ik wil me gedragen voelen door alle handen van die hele gemeenschap, gesteund door een groep mensen die achter mijn keuze staan en mij tot het einde toe zullen vasthouden, zelfs als mijn lichaam tot het uiterste zal vechten om me van hen los te rukken, terug het leven in dat mijn geest al opgegeven heeft.

Maar ben ik al zover? Wat houdt me nog hier? Wie zou mij missen? Mijn ouders leiden hun eigen leven. Sinds ik een baan heb en een eigen huisje, zit hun taak als opvoeder erop en ben ik niet veel meer dan regelmatig terugkerende visite. Ja, Mirka is belangrijk voor me, maar die redt het ook wel zonder mij. En verder toch vooral HiBiZcus. Daar vind ik echt de gemeenschap waar ik deel van uitmaak, mensen bij wie ik eerlijk en mezelf kan zijn, bij wie ik geen masker hoef op te houden. Maya kan zeggen wat ze wil, maar zij weet niet hoe ik me werkelijk voel.

Ik zucht, ga verzitten, sla de slaapzak om mij heen. Moe en ongelukkig, de loodgrijze deken is weer terug... Na de euforie van de afgelopen dagen heb ik me weer vastgedraaid in mijn trechter van negatief denken. Als dit zo blijft, weet ik het zeker. En dan zal het me echt geen moeite kosten om Maya, Hannes en alle begeleiders bij elkaar te overtuigen.

Hoe kom ik de dag door? Waar kan ik naartoe? Op mijn werk durf ik me niet te laten zien, naar huis wil ik niet. En er is pas vanavond weer een bijeenkomst van HiBiZcus, dat duurt nog verschrikkelijk lang. De enige bij wie ik terecht kan, bij wie ik me veilig en geborgen kan voelen, is Mirka.

Ik ben eenentwintig en maak een handstand in het zwembad zoals ik als tienjarige honderden keren heb gedaan. Ik glij door het water met mijn ogen open en vind de bodem van het zwembad. Dan steek ik mijn benen de lucht in en mijn voeten komen boven het wateroppervlak uit. Ik strek ze zo ver en zo mooi als ik kan. Onder water hoor ik niets. Ik zet me af tegen de bodem en veer krachtig door het water omhoog. Als ik mijn evenwicht verlies, waardoor ik oversla, krijg ik water in mijn neus. Eenmaal boven water ben ik niet meer in een zwembad, maar in een meer. Over de zanderige grond bedekt met wier en stenen loop ik naar de kant. Opeens weet ik wat ik hier doe; ik waad door dit water op zoek naar mijn nichtje. Ziggy is drie jaar oud en ik kan haar niet vinden. Net zat ze nog naast me op de handdoek, maar ik heb haar even uit het oog verloren en nu is ze weg. Ze is niet op de kant, ik zie haar niet in het water. Ik waad wijdbeens om zoveel mogelijk oppervlakte te doorkruisen. De paniek giert door mijn lijf, ik móét haar vinden. Nergens zie ik nog kleuren, alleen nog zwart-wit. Het water, de lucht, de wolken, alles is in zwart-wit. Het meer is zwart, de wolken wit, de rest grijs. Waar is Ziggy? Ze móét hier zijn. Waar is Ziggy...?

Badend in het zweet word ik wakker. Ik sla woest het dekbed van me af, hijgend alsof ik drie trappen op heb gerend. Het was maar een droom, maar veel geruststelling brengt die gedachte niet. Ziggy is dood en morgen is de begrafenis. Opnieuw dringen schuldgevoelens zich aan me op.

Ik doe het gordijn open en zet het raam wijdopen. Zoveel irritatie als Ziggy bij me wist op te roepen, van kleins af aan. Door haar kwam het slechtste deel van mij moeiteloos naar boven, alsof een Jekyll en Hyde zich in mij schuilhouden. Mijn maag trekt onwillekeurig samen. Moedeloos schud ik mijn hoofd. Kon ik die zelf-kwellende gedachten er maar uit laten waaien.

Ziggy wilde niet verder, dat was haar goed recht, bedenk ik streng.

Om mijzelf af te leiden, kruip ik weer in bed en kijk naar de slapende man naast me. Zijn mooie gezicht rimpelloos, ontspannen. Ook hij heeft moeten leren leven met zichzelf. We maken allemaal fouten. Maar het misselijkmakende gevoel in mijn maag wordt er niet minder om.

Als ik even later naar de keuken loop om koffie te zetten, merk ik dat die vier glazen water de ergste kater inderdaad voorkomen hebben, maar helaas niet alle verschijnselen van mijn overmatig drankgebruik. Mijn hoofd is zwaar en mijn benen zijn van pap.

Terwijl de koffie pruttelt, begeef ik me plichtsgetrouw met een emmer sop naar de wc. Ik hoop dat ik vroeg genoeg ben, zodat mijn huisgenoten niet geconfronteerd zijn met de resten van mijn uitgaansleven.

Een paar minuten later keer ik, nog misselijker dan ik al was maar tevreden over deze actie, weer terug in de keuken. De beloning van verse koffie is groot, ik schenk twee koppen vol. Als ik mijn kamer zachtjes binnenkom, is Sebastian zoals ik had verwacht, al wakker. Hij is geen langslaper, dat had ik al eerder gemerkt. Grappig hoe snel je iemands gewoonten leert kennen.

'Je kunt weer veilig naar de wc, hoor,' zeg ik luchtig. 'Wil je zo ook toast met roerei, of liever een omelet?'

Sebastian wil roerei. Ik reik hem een kop koffie aan.

'Zwart, toch?'

'Ja, dank je,' zegt de jongen die nog altijd verdomd tegenstrijdige gedachten in mij losmaakt. 'Zeg, dat nichtje van je, was je close met haar?'

Een koude rilling trekt over mijn rug. Hoezeer ik ook mijn best doe om haar uit mijn gedachten te krijgen, voorlopig zal zij in volle droeve glorie op de voorgrond blijven staan.

'Met Ziggy?' antwoord ik. 'Niet echt close, om eerlijk te zijn.'

Ik wrijf over mijn ogen, neem vermoeid een slok koffie en laat mijn hoofd tussen mijn knieën hangen. Hoe moet ik dat nu in een paar zinnen uitleggen?

Sebastian gaat met een ruk overeind zitten. 'Wat zei je? Ziggy? Zei je nou Ziggy?'

De kilte in zijn stem komt me onbekend voor en doet me huiveren. Mijn adem stokt. Hier is iets helemaal mis. Ik hef mijn hoofd en draai me naar hem toe.

Sebastian kijkt me verbijsterd aan, zijn ogen wijd open.

'Ziggy ja, Ziggy Jaspers,' antwoord ik voorzichtig. 'Officieel Sigrid, maar...'

'... zo wilde ze nooit genoemd worden,' vult Sebastian me aan.

Nu is het mijn beurt om verbaasd te kijken. Hij vouwt zijn handen in elkaar. Zijn duimen wrijven zenuwachtig over elkaar heen. Ik zie dat zijn handen trillen, net als zijn knieën. Ik weet wat er gaat komen en ben toch nog verbaasd als hij de woorden uitspreekt.

'Zij is het meisje over wie ik je vertelde, Mirka,' zegt hij zacht.

De bekentenis hakt erin. Het meisje van de discotheek, de talloze brieven, de haat. Ziggy ontmaagd en verkracht door Sebastian, ik gruw van het idee. Mijn tong voelt als een droge lap in mijn mond.

Hoe kan dat nou? Ik begrijp er niets van. Ik had uitgerekend dat het meisje in kwestie één jaar jonger was dan ik, niet drie jaar, zoals Ziggy. Wanneer ik hem dit voorleg, kijkt hij me verbaasd aan. Ze had er lid wijselijk gezwegd, dat weet hij heel zeker. Het is even stil. Dan oppert hij wat ik zelf ook denk. Ze heeft verdomme gelogen over haar leeftijd.

'Maar dan was ze dertien toen jij...' stamel ik.

'Ja, wrijf het er maar in.' Hij heeft zijn ogen gesloten.

Ik zwijg. Het duizelt me. En dan, als een donderslag bij heldere hemel, trek ik de noodlottige conclusie. Misschien is het de nasleep van de alcohol dat ik deze morgen niet snel van begrip ben, maar nu de radertjes in mijn hoofd zijn gaan werken, is er geen weg meer terug. Ik besef hoe het moet zijn gegaan. Ziggy had zich twee jaar ouder voorgedaan dan ze was. Dat was niet voor niets. Ze was aanvankelijk wel degelijk gevallen voor deze prachtige halfbloed Afro-Amerikaan slash Nederlander, maar had het niet zover willen laten komen dat hij haar zou ontmaagden. Haar verzet was een soort freeze-reactie geweest. Vervolgens bleek ze zwanger en maakte ze hem tot aartsvijand. Zo moet het zijn gegaan; op haar dertiende ontmaagd, onder het bloed thuisgekomen en tot overmaat van ramp direct zwanger geworden. Ik kan me voorstellen dat haar aanvankelijke belangstelling voor Sebastian daarna omsloeg in kille woede.

En ik, zestien jaar oud, had me laten overhalen de zwangerschap te beëindigen. En dus heb ik niet alleen Ziggy's, maar ook Sebastians kind in wording in de kiem gesmoord. Omgebracht, gedood, doorboord.

De brok in mijn keel brandt. Ik slik tevergeefs.

We eten zwijgend toast met roerei. Ik heb het afgelopen uur als een kip zonder kop rondgerend. Gestofzuigd, de hoeslakens van het bed gehaald, de wasmachine aangezet. We hebben nauwelijks iets tegen elkaar gezegd. Terwijl ik mijn zenuwen losliet op huishoudelijke taken, zat Sebastian stilletjes voor zich uit te staren. Nu zitten we tegenover elkaar aan tafel, nog steeds allebei in gedachten.

Was Ziggy's naam echt niet eerder gevallen? Het lijkt onwaarschijnlijk, maar nu ik erover nadenk, klopt het wel. Sebastian heeft het steeds over 'dat meisje' gehad, alsof het noemen van haar naam een wig tussen ons zou hebben gedreven.

En ik? Ik sprak bij voorkeur niet over haar. Als het al moest, was 't 'dat nichtje', op een zonder meer geringschattende toon.

Ik heb Sebastian nog niets verteld. Niet over haar vermoedelijke zelfdoding, niet over de abortus, niet over haar onvruchtbaarheid, de doelloosheid van haar leven. Ik heb geen idee hoe ik hem dit alles moet vertellen, nu hij al zo aangeslagen is door haar dood. Zijn gezicht is asgrauw, zijn wangen zijn nat van de tranen. Hij huilt zonder te snikken, zonder geluid. Al die meditaties van hem, haar het goede gunnen, haar geluk toewensen, het heeft allemaal niet mogen baten.

Hij schuift zijn bord naar het midden van de tafel. Hij heeft er amper van gegeten. Met duim en wijsvinger wrijft hij over zijn neus, zijn ogen gesloten.

Hoe kan ik hem het hele verhaal vertellen? Hij zal er kapot aan gaan. Nog afgezien van de vraag wat dit voor onze relatie betekent. Hoe zal hij reageren als hij weet dat ik degene ben die... ik durf mijn zin niet af te maken. Hoelang was Ziggy zwanger geweest? Ik weet het niet precies. In ieder geval langer dan negen weken, anders hadden we die medicijnen kunnen proberen. Godallemachtig, laat het niet heel lang zijn geweest, bid ik opeens. Bij negen weken heeft een foetus al een menselijk gezicht, met ogen, oren en zelfs een tong. Bij twaalf weken kan het kind, amper zeven centimeter lang, al duimzuigen en gapen. God, laat het niet heel lang zijn geweest.

Hoe langer je wacht, des te moeilijker het wordt. Dat hield mijn moeder mij als kind al voor. Een instantie bellen, iemand opbellen om te bedanken voor een cadeau, nee zeggen tegen een verzoek. Ik was zo verdomd verlegen. Zo bang dat ik het verkeerde zou zeggen en dat anderen me raar zouden vinden. Of nog erger, dat ze boos zouden worden. Door uitstel werden dingen alleen maar moeilijker en groter.

Maar wat word ik voor rare psycholoog als het me maar niet lukt om te praten over wezenlijke dingen? Wat heb ik andere mensen te bieden als de dingen waar het werkelijk om gaat, voor mijzelf verboden gebied blijven? Wat heb ik geleerd van al die sessies bij mevrouw Willekens? En waarom ben ik die hele studie eigenlijk gaan doen? Ik dacht altijd dat dat was omdat ik hetzelfde wilde kunnen betekenen voor anderen als mevrouw Willekens voor mij had betekend, maar misschien was de onbewuste drijfveer wel om mijn nog altijd voortdurende onvermogens onder de loep te nemen. Mijn angst om conflicten te onderzoeken, te doorbreken. Wegen te verkennen die ik niet van huis uit heb meegekregen en die kennelijk zo spannend voor me zijn dat die mijn vermeende zekerheden op zijn kop kunnen zetten.

Dan schiet een andere gedachte door me heen: mijn belofte aan Tom. Ik kán Sebastian niet alles vertellen. Wie weet breng ik Tom ermee in gevaar. Lieve neef en goede vriend Tom, die het iedereen altijd naar de zin wil maken. De gedachte aan hem doet me goed. Zijn onvoorwaardelijke liefde maakt me zacht en sterk tegelijk. Dit helpt. Ik haal diep adem en neem een besluit. Hoe zeiden ze dat ook weer tijdens de colleges? Uitspreken wat je denkt, zeggen hoe moeilijk iets voor je is. Ik ben blijkbaar nog steeds een beginner, dat ik de communicatietechnieken keer op keer uit mijn lesstof moet opdiepen. Er is bepaald nog geen sprake van een automatisme, van ervaring in het voeren van moeilijke gesprekken of van andere communicatieve behendigheden. Maar wel van moed, liefde en risico durven nemen, bedenk ik stug.

Mijn innerlijke dialoog bevindt zich op een punt waarop ik weet dat ik nu snel actie moet ondernemen, anders zak ik terug in mijn laffe status quo.

'Sebastian, ik weet niet hoe ik je dit moet vertellen,' begin ik, 'dus ik zeg het maar gewoon zoals het is.'

Met zijn grote, natte ogen kijkt hij me vermoeid aan. Ik ga haastig door, mag me nu niet laten afleiden door zijn immense verdriet. Want ik weet dat wat ik ga zeggen het nog veel erger gaat maken voor hem.

'Het was geen ongeluk, maar suïcide.'

Op een of andere manier klinkt suïcide afstandelijker, minder erg dan zelfdoding. Het woord zelfmoord zal ik al helemaal niet laten vallen.

'Ze was depressief. Ik heb dat ook pas net van Tom gehoord. Onder andere omdat ze geen kinderen kon krijgen. Ze is waarschijnlijk onvruchtbaar geworden door een infectie na een, eh... onwettige abortus.'

'Een wat!'

'Ik vind het vreselijk om te moeten zeggen, maar ze was zwanger van jou, Sebastian. En natuurlijk wilde ze dat kind niet, op haar dertiende.'

Ik stop. Ik krijg het niet voor elkaar om er nog aan toe te voegen dat ik het was die de abortus heeft uitgevoerd. Met breinaalden nog wel. Hoe primitief. Ik schaam me zo...

Sebastian klapt in elkaar. Hij slaat zijn handen voor zijn gezicht en zit over zijn hele lijf te trillen. Hij maakt geluiden als in een andere taal en begint hartverscheurend te huilen. Ik ga naast hem zitten en leg voorzichtig een hand op zijn rug. Hij laat dit toe, weert me niet af. Zijn T-shirt is doorweekt van het zweet.

'Kun je je niet voor deze ene keer, de laatste keer, over je gevoeligheden heen zetten?' zeurt mijn moeder door de telefoon. 'Oom Frank en tante Josje hebben speciaal naar jou gevraagd. Jij was voor haar als de grote zus die ze nooit heeft gehad.'

Ik probeer uit te leggen dat spreken op Ziggy's begrafenis volslagen ongepast zal zijn. Ik kan daar niet staan huichelen voor de hele goegemeente, dat mag ze echt niet van me vragen.

Voor de verandering ben ik bijzonder resoluut in mijn weigering. Volgens Tom mag Ziggy me dan alles vergeven hebben, maar als ik zie hoe Sebastian eraan toe is, kan ik op de begrafenis niet net doen alsof haar dood alleen maar een noodlottig ongeluk was. Dat ik zou spreken tijdens die plechtigheid is echt niet op te brengen, hoe bot het ook moet overkomen op haar ouders.

'Het valt me zwaar tegen van je, Mirka,' zucht mijn moeder. Ik weet dat als ze me bij mijn voornaam gaat noemen, de rapen gaar zijn. Maar ik zwicht niet. Ik heb andere dingen aan mijn hoofd. Sebastian hier naast me, om maar eens één ding te noemen.

'Misschien wil Tom iets zeggen, of een gedicht voorlezen,' opper ik. 'Hij had de laatste tijd veel contact met haar.' Ik hoop dat ik hem hiermee niet in de problemen breng.

'Ik kan het aan Frank en Josje voorstellen,' zegt mijn moeder, 'maar als je je bedenkt, laat het me weten. Ik vind echt dat je dit verzoek niet mag weigeren. Denk er vooral nog eens goed over na.'

Hoezo onder druk zetten. Dat kan er ook nog wel bij. Ik schud geïrriteerd mijn hoofd.

Gelukkig klingelt de bel door het huis en ik grijp dit dankbaar aan om het telefoongesprek te beëindigen.

Tot mijn verrassing is het Tom, hij wil weten hoe het met me gaat. Hij ziet er treurig uit, ik sla mijn armen om hem heen en hou hem even stevig vast. Dan neem ik hem mee door de lange gang naar mijn kamer, waar ik Sebastian, nog altijd zwaar verslagen, aan hem voorstel. Ik herinner Tom aan die dinsdagavond in het tango-café, zo'n drie weken geleden. Daar heb ik Sebastian toen aangewezen. Dat lijkt wel eeuwen geleden.

'En Sebastian, dit is Tom, mijn favoriete neef en beste vriend,' vervolg ik.

Ze nemen de tijd om elkaar aan te kijken. Misschien ben ik niet helemaal objectief, maar de seconden lijken eindeloos weg te tikken voordat Tom als eerste zijn hand uitsteekt en Sebastian die stevig schudt. Ze proberen te glimlachen, maar zijn allebei te aangedaan om het er hartelijk en spontaan uit te laten zien. Ze staan daar maar handen te schudden en elkaar ernstig aan te kijken. Ik kom niet tussenbeide. Het is vreemd om de twee jongens, die al weken, om en om, in mijn gedachten zijn, nu samen te zien; mijn liefste neef en de donkere jongen uit de tangowereld, aanvankelijk onbekend en spannend, nu zo dichtbij.

Dan verbreekt Sebastian het stilzwijgen. 'Het spijt me ontzettend van je nichtje... van Ziggy,' mompelt hij en hij trekt zijn hand terug. In zijn ogen glanzen weer tranen en hij zucht diep. Ik wil hem aanraken, maar hou me in.

Tom knikt, een glimlach breekt door. 'Dank je.'

'Ga toch zitten, jullie,' zeg ik zenuwachtig. Ik zoek mijn toevlucht maar tot de drank die hier het beste bij past. 'Thee?'

Ik loop bijna op een holletje naar de keuken.

*H*et is vreemd om de nieuwe vriend van Mirka in de ogen te kijken. Hij moet van mijn leeftijd zijn, begrijp ik van haar, iets jonger zelfs, maar hij ziet er jaren ouder uit. Het zit 'm in zijn ogen, die hebben een dunne, blauwe rand rond het diepe bruin, en ja, het zijn echt tranen die ik zie. Is hij zo van slag door Ziggy's dood? Ontroerend.

Morgen is de begrafenis. Het is nog niet echt. Alles lijkt een film. Het doet me goed om hier te zijn, bij Mirka en deze vreemde jongen. Ik kan me voorstellen dat ze op hem is gevallen. Toen ik hem voor het eerst in het tangocafé zag, een week of wat geleden, was ik te ver heen om hem goed in me op te nemen. Nu is me duidelijk dat hij meer is dan alleen een mooie jongen. Ik ben blij voor Mirka, maar voel ook een soort jaloezie. Het is lang geleden dat ik verliefd ben geweest, dat gevoel kan ik me niet voor de geest halen.

Het lukt in ieder geval om hier even te ontspannen. Geen idee hoe het verder moet, maar hier ben ik veilig.

Terwijl we voorzichtig van de kokend hete thee drinken, Sebastian en ik op het rechtgetrokken dekbed en Tom iets hoger op mijn bureaustoel, zegt Sebastian plotseling: 'Ik heb er geen woorden voor. Ik heb echt alles gedaan om het goed te maken.'

Ik schrik op uit mijn gepeins. Sebastian klinkt somber en afgemeten. Hij heeft blijkbaar besloten om Tom deelgenoot te maken van zijn verleden met Ziggy. Als dat maar goed afloopt.

Tom kijkt ons beurtelings vragend aan.

'Ja, het is ongelooflijk, maar Sebastian kent Ziggy,' verduidelijk ik.

Tom gaat verbaasd rechtop zitten en zet zijn theekop op tafel. 'Waarvan dan?'

Sebastian ziet er intens bedroefd uit, maar hij wil openheid van zaken geven. Met de billen bloot. Ik kan niet anders, lees ik in zijn ogen. Ik knik hem bijna onmerkbaar toe, hij moet weten dat ik achter hem sta. De ontdekking dat hij het is geweest die Ziggy zwanger heeft gemaakt, heeft zich wonderbaarlijk snel vastgezet in mijn brein, het is al bijna gewoon voor me.

'Van een avond in een discotheek vlak bij Kampen, jaren geleden,' zegt Sebastian op vlakke toon. 'We... vonden elkaar. Ze deed zich ouder voor dan ze was en...'

Hij kan zijn zin niet afmaken. Tot mijn verbijstering springt Tom op. De thee vliegt door de kamer. Hij beeft over zijn hele lichaam en begint Sebastian onbeheerst uit te maken voor alles wat lelijk is, ik heb hem nog nooit zo hard horen schreeuwen. Hij heeft nog nooit zijn stem verheven, voor zover ik weet.

Met twee stappen staat hij voor Sebastian en haalt keihard uit, midden in zijn gezicht. Ik hoor mezelf gillen. Sebastian reageert niet. Het bloed loopt uit zijn neus. Tom ramt nog een keer met volle kracht op zijn gezicht. Hij vloekt en tiert, scheldt hem de huid vol, stompt op zijn borst, in zijn buik, op zijn gezicht. Hij beukt op Sebastian in als een dolle stier.

'Hou op!' roep ik. Ik probeer Tom van Sebastian af te trekken, maar hij weert me ruw af. Met een venijnige elleboogstoot in mijn maag duwt hij me weg. Ik klap met mijn hoofd tegen de rand van de tafel en voel een scherpe pijn vlak boven mijn oor. Is dit mijn vriendelijke, zachtaardige neef? Ik word nu boos en bang tegelijk. Nog even en hij slaat ons allebei verrot.

Tot mijn verbazing laat Sebastian het allemaal over zich heen komen. Hij zal wel vinden dat hij deze afstraffing verdiend heeft. Tom ramt nog steeds op hem in alsof het om een boksoefening gaat.

'Hoe kon je, hoe durf je, ze was pas dertien! Godverdomme, ongelooflijke lul die je bent! Ik maak je helemaal kapot!'

Hij is één brok geweld. Alle frustratie waarvan ik altijd wel vermoedde dat hij die moest hebben opgeslagen, komt nu in volle hevigheid naar buiten.

Eindelijk heft Sebastian zijn armen ter verdediging. Hij slaat niet terug maar beschermt zich nu wel tegen de niet-aflatende klappen van mijn neef.

'Tom, hou op!' roep ik nog een keer, harder nu.

De deur zwaait open. Twee huisgenoten staan in de deuropening.

'Wat gebeurt hier?' vraagt de een.

'Wat is hier verdomme aan de hand?' roept de ander.

Eindelijk lijkt Tom bij zinnen te komen. Hijgend van alle inspanning kijkt hij radeloos naar al die mensen, die hem angstig en vijandig tegelijk aanstaren. Dan richt hij zijn blik weer op Sebastian.

'Ze was pas dertien man, ze was godverdomme pas dertien!' Zijn stem slaat over en hij loopt in de richting van de deur. Hardhandig duwt hij mijn huisgenoten opzij. Terwijl hij de gang door stommelt, hoor ik het hem eindeloos herhalen. 'Dertien... ze was pas dertien...'

Voorzichtig dep ik met een washandje Sebastians gezicht schoon. Het bloeden uit zijn linkerwenkbrauw is opgehouden. Het gebied rond zijn oog bolt al flink op.

'Was dat nou nodig,' vraag ik zacht, 'om je zo ongenadig in elkaar te laten slaan?'

'Hmhm,' klinkt het bevestigend.

'Beetje rare manier van boete doen, lijkt me.'

'Ach.'

Ik aai zijn rechterwang, die er minder geschonden uitziet. Zijn bovenlip is dik en bebloed.

'Ik ben bang dat er een tand loszit.'

'Misschien moet je naar de eerste hulp,' opper ik. 'Ik heb geen idee of er niet iets gehecht moet worden.'

'Laten we dat maar doen. Leuke neef heb je trouwens. Lijkt heel lief, maar als het erop aankomt, vecht hij als een leeuw.'

Ik knik. 'Tot mijn stomme verbazing, moet ik zeggen. Ik heb hem nog nooit zo meegemaakt. En dat voor een depressief iemand met gebrek aan energie.'

'Is hij dan ook depressief? Zit het in de familie?'

'Voor zover ik weet niet. Maar het is wel toevallig, ja. Hij zit ook bij die depressievelingenclub van Ziggy.'

Shit, toch nog mijn mond voorbij gepraat, maar Sebastian gaat er gelukkig niet op in.

'Hij heeft in ieder geval een goede rechtse.' Hij lacht als een boer met kiespijn. Zijn mond trekt daarbij aandoenlijk scheef.

Als die lieve neef van mij dit mooie gezicht maar niet voorgoed verbouwd heeft, bedenk ik. Dan vil ik hem levend.

Hoewel het Diakonessenhuis praktisch om de hoek ligt, zijn we pas uren later weer thuis. Sebastian had nogal de aandacht getrokken, op de fiets ernaartoe. Het was druk op de EHBO. Ouders met kinderen, een man met een pak watten voor zijn oog, een hoogbejaarde vrouw die aan één stuk door onverstaanbaar zat te jammeren. Na ruim een uur waren we aan de beurt, en met een kram in zijn wenkbrauw en twee hechtingen bij zijn mond verlieten we uiteindelijk het ziekenhuis weer. Op de vraag wat er was gebeurd en of hij aangifte wilde doen, murmelde hij ontkennend. Weer sloeg een golf van warmte door me heen. Nu ik eraan terugdenk, voel ik hoe ik steeds meer in zijn richting glij, als over een gebaand skipad bergafwaarts, niet langer in staat nog een andere kant op te sturen. Gedachten aan zijn onbezonnen daad van vijf jaar geleden. Ik slaag er amper in andere opties open te houden en afstand te bewaren; door zijn opofferingsgezindheid voel ik me onafwendbaar naar hem toe getrokken worden. Moet ik hem geloven, dat het eenmalig was? Mag ik daarop vertrouwen?

Ik laat me languit op mijn bed vallen en voel mijn spieren trillen. Ook ik ben niet in topconditie, merk ik, wat waarschijnlijk meer te maken heeft met de afgelopen nacht dan met de harde duw die ik van Tom kreeg.

Net wanneer ik mijn ogen dichtdoe, vult een onbekend melodietje de kamer. Ik schrik me kapot. Wat nu weer? Het klinkt dichtbij, het moet hier in de kamer zijn.

Sebastian kijkt me vragend aan. Ik schud mijn hoofd en haal mijn schouders op. Waar komt dat geluid vandaan? Vanonder mijn bed grist Sebastian een onbekende mobiel te voorschijn. 'Een privénummer,' zegt hij.

'Neem dan op,' dring ik aan.

Ik hoor Sebastian korte antwoorden geven. 'Nee, hij moet zijn telefoon hier per ongeluk hebben laten liggen.' Sebastian knipoogt naar me. 'Bij Mirka thuis. Wat? Ja, zijn nichtje. Ja, dat is goed, ik geef haar even.'

Sebastian reikt me tot mijn verbazing de mobiel aan, die blijkbaar van Tom is. Zeker uit zijn broek gevallen toen hij ons alle hoeken van de kamer liet zien.

'Met Mirka...'

'Dag Mirka, je spreekt met Chris.'

Ik heb nog nooit van ene Chris gehoord, maar volgens hem heeft Tom met veel warmte over mij gesproken.

Hij praat zacht maar dringend, ik moet mijn best doen om hem te verstaan. Hij vertelt dat Tom net bij hem was, volledig overstuur. Hij is bang dat Tom in gevaar is. Tom wilde niet naar hem luisteren.

'In gevaar?' herhaal ik ongelovig.

Hij antwoordt bevestigend en blijft aandringen. We moeten zo snel mogelijk naar HiBiZcus, want hij is bang dat Tom de volgende is die eraan gaat. Tom zou door het dolle heen zijn en absoluut van plan om er een einde aan te maken. Hij liet zich niet door Chris overtuigen en is huilend en schreeuwend weer weggegaan. Of wij vervoer hebben, dan zijn we er misschien nog op tijd. Hopelijk heb ik meer invloed op hem dan hij. Als het niet al te laat is.

Ik kijk verschrikt naar Sebastian.

'Hij denkt dat Tom er een eind aan gaat maken. Hij wil dat we meegaan. Kunnen we jouw bus gebruiken?'

Sebastian knikt. 'Natuurlijk. Waar is die knul? Moeten we hem oppikken of komt hij naar mijn huis?'

Ik spreek met Chris af dat we zo snel mogelijk naar het huis van Sebastian zullen gaan. De boerderij waar we naartoe moeten, staat volgens Chris ergens bij Lage Vuursche. Ik weet dat het een bosrijke omgeving is en dat er tal van pannenkoekenhuizen staan, maar afgezien van een familiefeest, vele jaren geleden, ben ik er nog nooit geweest.

Tien minuten later staan we hijgend voor Sebastians deur. Van Chris nog geen spoor. Sebastian sprint naar boven om zijn autosleutels te pakken. Ik blijf buiten staan wachten. Dit is het moment, flitst door mij heen. Ik kan het in een paar zinnen zeggen en dan is er vermoedelijk weinig tijd over voordat we met Chris in de bus springen. Ik sla een paar maal met mijn vuist in mijn hand. Nu of nooit. Daar komt Sebastian weer naar beneden gestormd, zijn autosleutels draaiend rond zijn wijsvinger. Hij trekt de voordeur achter zich dicht en doet hem op slot.

'Sebastian, ik weet niet goed hoe ik je dit moet zeggen,' begin ik.

De hoeveelste keer is dit dat ik slecht nieuws op deze manier inleid? Door de tijdsdruk gaat het me wat gemakkelijker af. Ik gooi het hem snel voor de voeten, voordat ik terug kan krabbelen.

'Luister, ik was bij die abortus. Sterker nog, ik heb het gedaan. Op de ouderwetse manier. Met breinaalden. Ontsmette breinaalden. Van mijn oma. Onze oma. Van Ziggy en mij.' Ik zeg het luid en duidelijk, geen twijfel of misverstand mogelijk. Ik dwing mezelf om me op zijn gehavende gezicht te concentreren in plaats van de nare herinneringen al te gedetailleerd toe te laten.

Het is stil, op de spaarzame verkeersgeluiden na. Sebastian kijkt me ernstig aan, roerloos. Met de seconde voel ik zijn afschuw groter worden, als een olievlek die zich verspreidt. De afstand tussen ons is in deze halve minuut verduizendvoudigd. Hij staat daar als een pilaar, zijn gebeukte gezicht verwrongen. Ik durf mijn hand niet naar hem uit te steken, ik krijg geen woord meer over mijn lippen. Als ik al zou weten wat ik moest zeggen. Zijn minachting en walging zijn bijna niet te verdragen, maar ik blijf hem strak aankijken. De opkomende buikkrampen probeer ik te negeren en ik hou mijn adem in. Ik weet dat ik het goede heb gedaan. Sebastian moet het weten en beter nu dan later. Maar godallemachtig, wat is de prijs? Zal hij dit achter zich kunnen laten of blijft het voor altijd tussen ons in staan?

'Mirka?' hoor ik achter me. Ik ruk me los van Sebastians gekwetste gezicht en draai me om. Tot mijn verrassing staat daar die jongen die ik tijden geleden bij Tom voor de deur heb zien staan. Verdomd, hij is het. Ook van dichtbij doet hij me aan Keanu Reeves denken.

'Chris?'

'Ja, hallo.' We schudden elkaar de hand.

Sebastian schudt hem ook kort de hand. 'Kom,' zegt hij tegen Chris, 'hier staat mijn bus, we hebben geen tijd te verliezen.'

Zonder mij nog een blik waardig te keuren kruipt hij achter het stuur.

We zitten met z'n drieën op de voorbank, ik in het midden. Chris wijst de weg. We komen langs weilanden en bossen. In de verte zie ik tussen de bomen de laatste files op de A27. Het is maar goed dat we binnendoor rijden, via Groenekan. Het is zeven uur, de drukte moet nu toch zo'n beetje afgelopen zijn. Maar wanneer we een kleine tien minuten later onder het viaduct doorrijden, staan er nog steeds auto's stil.

Het landschap is hier heel anders, van weilanden geen spoor meer. In plaats daarvan rijden we op een weg met aan weerszijden indrukwekkend hoge bomen. De takken van de kronen lijken elkaar bijna te raken en vormen een sierlijke boog over de weg, alsof het bos je verwelkomt. Ik wil Sebastian zeggen hoe mooi ik het vind, maar durf niet naar hem te kijken. Ik voel zijn aanwezigheid voortdurend, bloednerveus ben ik. We rijden nu al een hele tijd, maar hij heeft nog steeds niets tegen me gezegd. Ik heb er buikpijn van, al kan dat ook komen door deze hachelijke onderneming. Waar zijn we in vredesnaam in beland? Halsoverkop op weg om Tom van de ondergang te redden...

'Wat is nu eigenlijk de bedoeling?' bast Sebastian opeens.

'Hier naar links en dan doorrijden tot het kruispunt. Ik begrijp dat ik het een en ander moet uitleggen,' klinkt Chris' stem gespannen naast me. Hij vertelt hoe overstuur Tom was, dat hij Chris had gesmeekt om mee te gaan naar HiBiZcus. Hij wilde per se dat Chris hem zou begeleiden bij het eindritueel, maar Chris weigerde. Het is niet goed als iemand zo geëmotioneerd is, legt hij uit, je moet ook overtuigd zijn van je beslissing als je kalm bent. Bovendien vertrouwt hij de leiders niet meer. Volgens hem klopt hun verhaal niet. Hij had al eerder bedenkingen, maar nu helemaal.

'Hoezo?' vraag ik, al verbaast het me niets.

'Ik heb gevraagd of ik mee mocht naar die projecten in Afrika. Ik merkte dat ik liever daar de handen uit de mouwen wilde steken dan hier helpen bij het eindritueel. Ik wilde met eigen ogen zien dat ons geld daar goed terechtkwam. Maar hoe ik ook aandrong, steeds werd dat afgehouden. Ik zou hier beter werk kunnen doen, zou ze daar maar voor de voeten lopen, mijn plaats was hier, dat soort vage redeneringen. Terwijl Hannes en Maya zelf altijd benadrukten dat je vooral je eigen pad moest volgen. Toen werd ik achterdochtig. Ik heb het geprobeerd uit te leggen aan Tom, hij was net nieuw en misschien nog niet zo onder de indruk van Maya en Hannes. Bovendien heeft hij iets bijzonders. Ik wil niet dat hij doodgaat, dat hij net zo eindigt als de anderen.' Ik voel zijn hand ineens op mijn arm. Ik kijk opzij, zie dat zijn ogen angstig staan.

'Ik ben gaan googlen op andere instanties die zich inzetten voor aidswezen. Uiteindelijk kwam ik er één tegen, een kleine Franse organisatie die precies dezelfde foto's op de website heeft staan als wij bij HiBiZcus steeds te zien krijgen.'

'Hoe doen jullie dat eigenlijk?' vraag ik.

'Wat bedoel je?'

'Die euthanasie, zoals jullie dat noemen.' Ik heb het Tom niet durven vragen, maar nu wil ik alles weten.

'Verdrinking. Iedereen staat eromheen, prachtige muziek, lovende woorden, een afscheid om jaloers op te zijn. Veel mensen zouden bij hun eigen begrafenis willen zijn. Hier ervaar je dat zo ongeveer. En na de eerste verstikking schijnt verdrinking een vredige dood te zijn, met mooie kleuren en geluiden. Alsof je een trip maakt, high bent.'

Oef.

'En hoeveel laten ze jullie betalen?' vraagt Sebastian. De woede klinkt door in zijn stem.

Chris geeft zonder enige terughoudendheid openheid van zaken. Het gaat om vijfentwintigduizend euro. Er zijn er zelfs bij die hun hele bezit en erfenis aan HiBiZcus nalaten. Ik hou mijn adem in. Het duizelt me. Sebastian vraagt hoeveel mensen op deze manier al de dood hebben gevonden. Chris schat tussen de dertig en veertig mensen in de periode dat hij er nu bij is, ruim een jaar.

'Leuk rekensommetje,' zegt Sebastian. 'Zeker ondergebracht in een stichting, scheelt een hoop belasting. Ik ben benieuwd hoe hun bedrijfsplan eruitziet. Misschien kan ik nog ideeën opdoen.' Het sarcasme druipt er vanaf.

Ik word nog misselijker dan ik me al voel, ben bang dat ik weer moet overgeven. Ik herinner me ineens Ziggy's verzoek. 'Kun jij geld missen voor dit project?' Die keer dat ze bij me thuiskwam na het tentamen. Tien seconden na haar vertrek hing ze weer aan de bel. 'We hebben écht veel geld nodig voor Afrika hoor. Ik zou het je niet vragen als het niet dringend nodig was. Hoeveel kun je missen?'

Ik had haar stomverbaasd aangekeken. 'Niet veel. Ik kan net rondkomen.'

Of ik mijn ouders niet lief aan kon kijken.

Ik had koortsachtig nagedacht. Zou ik mijn ouders om geld durven vragen voor een project in Afrika? Die zouden niet staan te juichen. Dan kan je de hele wereld wel op je schouders nemen, ik hoorde het mijn moeder al zeggen.

'En hoe zit het dan met die verdiensten van je modellenwerk?' vroeg ik, terwijl ik hoopte dat ik niet al te afgunstig klonk.

Ze schudde haar hoofd. Helaas was dat geen optie. Alles wat ze als kind had verdiend met haar poppenuiterlijk, bleken haar ouders vastgezet te hebben in een depot dat pas vrij zou komen als ze eenentwintig werd. Ze was nu achttien.

'Om hoeveel gaat het?' vroeg ik.

'Zoveel mogelijk. In ieder geval op korte termijn vijfentwintigduizend euro.'

Mijn hoofd tolde. Vijfentwintigduizend. Zoveel zou ik zelfs de eerstkomende jaren nog niet bij elkaar kunnen sparen, ook niet als ik volgend jaar zou afstuderen en snel een baan zou kunnen vinden.

Met weinig enthousiasme rommelde ik in mijn portemonnee. Er zaten twee briefjes van tien in.

'Dit is alvast voor jou. Over nog meer moet ik nadenken.'

Ze vertrok voor de tweede keer. Tot mijn opluchting bleef ze nu weg, maar de dag erna, toen ik haar had gevraagd om naar het Wilhelminapark te komen, was ze er opnieuw over begonnen.

'Heb je nog nagedacht over dat bedrag? Ik heb goed nieuws. Er is gisteren veel binnengekomen; ik heb nu nog maar vierduizend euro nodig.'

Alsof ik dat zomaar op een rekening zou hebben staan. Gespannen krabde ik op mijn hoofd.

'Het enige wat ik nu nog van je wil, is die verrekte vierduizend euro. Daarna ben je voorgoed van me af. You owe me.'

De trut. Haar woorden troffen me als messteken. Hoe haalde ze het in haar hoofd om dat er achteraan te zeggen, you owe me. Belachelijk. Iets wat honderd jaar geleden was voorgevallen. Ik verhardde, ik voelde het gebeuren, in mijn hoofd en in mijn lijf. Naast me dreunde haar stem door. 'Het gaat verdomme om niet meer dan vierduizend euro. Kun je dat niet eens opbrengen? Mijn grote nicht die altijd alles voor elkaar krijgt wat ze wil, ha! Volgens mij is dat precies het bedrag dat je me ooit door de neus hebt geboord. Of was je dat soms vergeten, Mirka? Met je mooie praatjes en je sociale studie. Rot toch op.'

Ik verstarde. Alle spieren in mijn lijf stonden op scherp. Het lukte me niet om iets uit te brengen dat haar zou kunnen stoppen.

'Wat is nou vierduizend euro voor jou? Dat valt bij die rijke studentenvriendjes van je toch zo te lenen? Als je nu even opschiet, dan ben je zo van me af. Sterker nog, als je daar gisteren nou een beetje vaart achter had gezet, was het allang voorbij. Had je gewoon al weer verder gekund met dat gemakzuchtige leventje van je. Hoe vaak vraag ik jou om een gunst? Het lijkt me dat dit in geen verhouding staat tot wat jij anderen aandoet. Of zal ik je huisgenoten eens op de hoogte brengen van je artistieke capriolen? Kijken hoe geweldig ze je dan nog vinden. Wie weet sodemieteren ze je wel uit je deftige herenhuis. Willen ze zulk uitschot helemaal niet in hun buurt hebben. Je zegt het maar, hoor. Geen probleem. Ik doe met liefde een boekje over jou open.'

Ik was met stomheid geslagen. De aanval die ik over me heen kreeg, maakte me koud van binnen. Tegelijkertijd sloegen mijn hersenen op hol. Hoe kon ik haar stoppen, wat was de beste weg?

Ziggy denderde ondertussen door. Ik wilde mijn handen wel op mijn oren leggen om haar niet te hoeven horen, maar besefte dat dat niets zou uitmaken. Ze zou alleen maar harder gaan schreeuwen en dan hoorde iedereen haar die hier binnen een straal van vijftig meter rondliep. Liever niet.

'Ik hoorde van Tom dat je ook een nieuw vriendje hebt. En hoe goed kent die jou, Mirka? Moet ik eens met hem gaan praten? Zo moeilijk is het niet om hem op te zoeken, begreep ik. Dinsdagavond tangocafé? Even kijken, het is nu vrijdag...' Ze telde langzaam haar vingers af. 'Nog vier nachtjes slapen.'

Ik moest iets ondernemen. Dit kon zo niet langer. Als ze zo graag wilde, dan kon ze het krijgen. Koeltjes hoorde ik het mijzelf zeggen: 'Vierduizend euro, hè? Ik zal zien wat ik kan doen.'

In welke *mood* was ik terechtgekomen dat ik via een louche internetsite vierduizend euro had geleend tegen de belachelijk hoge rente van acht procent? Ziggy had geduldig naast me gezeten. De haat was van haar gezicht gegleden. Het leek haar niets uit te maken zolang ik maar deed wat ze van me vroeg. 'Moet je per se dat geld hebben?' had ik nog gevraagd.

'Ja.'

Nu ik in de Mercedes-bus zit op weg om Tom van een mogelijke verdrinkingsdood te redden, davert het schuldgevoel om Ziggy opnieuw door me heen. Hoe heb ik me zo kunnen laten meeslepen dat ik haar dat geld gegeven heb? Dat ze me zo onder druk zette voor Afrikaanse aidswezen verbaasde me. Omdat Tom me in het Wilhelminapark verteld had over de praktijken binnen HiBiZcus, was door me heen geschoten of ze soms op haar eigen naderende einde doelde. Nu Chris precies hetzelfde bedrag noemt, vijfentwintigduizend euro, weet ik het zeker. Dat geld moest natuurlijk eerst op tafel, voordat ze haar wilden helpen met die zelfdoding.

Kortom, er gebeurde opnieuw wat met haar abortus ook al speelde: mijn nichtje drukte haar zin door en vervolgens zat ik met het schuldgevoel. Ik had er meer dan genoeg van om me zo rot te voelen. Alsof ik degene was die haar constant een mes in de rug stak. Wie was verantwoordelijk voor wie? Ja, ik was drie jaar ouder. Maar ik hoefde toch zeker niet de rol van haar moeder te spelen?

In een vlaag van verstandsverbijstering liet ik me opnieuw verleiden tot het kinderachtige spook dat ik lange tijd ben geweest. Spijt en schuld doen mijn keel en maag dichtknijpen, ik zweet me een ongeluk. Kon ik de tijd maar terugdraaien. Hoe je het ook wendt of keert, ik heb, door haar dat geld te geven, bijgedragen aan haar overlijden. Eerst aan de dood van haar kind, nu aan de dood van zijn moeder. En dat uit niets meer of minder dan angst voor haar chantage en een flinke dosis afgunst. Goeie zaak, Mir, ga jij maar fijn psychologie studeren.

Zodra dit allemaal achter de rug is, zal ik een psychotherapeut zoeken, iemand die ervaring heeft met daders. Dat lijkt me geen slecht idee. Vaste deelname aan de meditatiegroep van Sebastian desnoods, dat kan er de eerste jaren ook wel bij. Godsamme. Ik bijt mijn kaken grimmig op elkaar.

Als we maar op tijd bij Tom aankomen. Eén zelfdoding in de familie die ik had kunnen voorkomen lijkt me voorlopig wel genoeg.

'Zijn we er nou onderhand?'
'Ja, eerst het dorp nog door en dan naar rechts.'

'En dan?' vraagt Sebastian. 'Hollen we naar binnen? Hoeveel mensen zijn daar eigenlijk? Ik ben vandaag al een keer in elkaar geslagen, ik zit niet te wachten op een stel sekteleden die mijn hoofd in een emmer water duwen.'

Ik vraag Chris waarom hij niet de politie heeft gebeld. Wat kunnen wij hier nou doen? Wat verwacht hij van ons, dat we helden zijn?

'Ik weet hoe ik hier moet komen, met de fiets of lopend vanaf de bushalte in het dorp. Maar het precieze adres weet ik niet. Bovendien wilde ik jullie als objectieve getuigen. Ik heb vorig jaar een paar keer met de politie te maken gehad en ik vrees dat ze mij niet zo serieus meer nemen.'

Hij lacht schaapachtig. Hij had, vertelt hij, behalve van een depressie ook last van wanen, hij dacht dat de Amerikanen ons kwamen vergiftigen, proeven op ons uitvoerden, dat de regering daaraan meewerkte. Hij was doodsbang, probeerde iedereen te mobiliseren om in opstand te komen, maar er was niemand die hem geloofde. Overal zag hij signalen, het was een nachtmerrie. Uiteindelijk is hij opgenomen in een psychiatrisch ziekenhuis en is het goedgekomen. Hij haalt verontschuldigend zijn schouders op.

Ik ben nu echt verbijsterd. Stormen we hier nu in volle vaart op een boerderij af onder leiding van een labiele gek? Het kan dan een mooie jongen zijn die lief en aardig overkomt, maar wie weet is hij nog steeds zo gestoord als een deur.

Sebastian blijkt er gelukkig net zo over te denken. Hij zet de bus resoluut aan de kant. Afstandelijk en geïrriteerd hoort hij Chris uit over behandelingen en medicijnen. Of hij soms alles bij elkaar zit te verzinnen. 'Hoe zit het nu echt?' zegt hij streng.

Chris ziet lijkbleek. 'Het is echt waar. Kom op, ik verzin dit niet. Ik had een depressie met psychotische kenmerken, heel ernstig, maar dankzij de medicijnen is dat gelukkig voorbij. Die rare denkbeelden in ieder geval. Maar het is wel zo dat ik daardoor bij HiBiZcus terecht ben gekomen. Je weet toch dat ze zich alleen richten op mensen die kwetsbaar zijn en het leven toch al niet zien zitten? Ik paste precies in hun doelgroep.'

'Maar hoe weet ik dan dat dit niet ook een waan van je is?' Sebastians gezicht staat nog steeds op onweer.

Ik schiet Chris te hulp. 'Zijn verhaal klopt wel. Tom heeft me in het park precies hetzelfde verteld.'

'Ja, nou? Wie zegt mij dat hij niet ook knetterpsychotisch is. Zijn agressie toen straks past daar heel goed in. Hoe heet dat ook weer, als meer mensen dezelfde waan hebben? Daar is toch een woord voor?'

'Folie-à-deux,' antwoord ik. Al gaat het nu om koude kennis, ik ben blij dat hij eindelijk iets aan me vraagt, het woord tot mij richt, contact met mij maakt.

'Precies.'

Zou hij gelijk kunnen hebben? Zou het allemaal verzonnen kunnen zijn? Zou Tom zozeer de weg kwijt zijn dat hij over een verbond van zelfdoding is gaan fantaseren? Samen met deze knul? Ik ben even helemaal van mijn stuk gebracht. De woorden van Lourens Visser komen boven. *Voor degene die psychotisch is, is wat hij doet volstrekt normaal als reactie op de hallucinatie of waan. Voor iemand die miljoenen spinnen ziet krioelen, is het niet meer dan begrijpelijk dat hij alleen nog springend van kussen naar kussen zijn huis durft te verlaten.* Deze hele toestand kan in het licht van een waan wel verklaard worden. De angst, de complottheorie, de stemmingsschakelingen van Tom, van half lijk tot vrolijk fris geurend naar appeltjesshampoo. Wat gaat er allemaal in zijn hoofd om? Dat Tom depressief was had ik wel gezien, maar dat hij psychotisch zou kunnen zijn, is geen moment in me opgekomen. Misschien staat hij te dicht bij me om hem met een professionele bril te kunnen bekijken. Of misschien heb ik het wel niet gezien omdat dit de eerste keer is dat ik zoiets meemaak. Derdejaarsstudentje, wat weet ik nou helemaal van psychoses? Ik heb niet meer dan wat boekenkennis. Bovendien is het Tom, ik vertrouwde hem volledig. Hoe had ik kunnen denken dat hij niet de waarheid zou spreken. Mijn wereld staat op zijn kop. En wat moet Sebastian wel niet van me denken. Ik heb hem hierin meegesleept. En Ziggy... Het wordt me koud om het hart.

'Maar Ziggy dan,' roep ik, 'Ziggy is wel echt dood, verdronken in de Loosdrechtse Plassen. Het stond zelfs in de krant. Dat kunnen ze toch niet verzonnen hebben.' Dat ik haar de laatste benodigde vierduizend euro heb gegeven, hou ik voor me.

'Ze kan toch ook gewoon verdronken zijn,' oppert Sebastian. Hij is nog niet overtuigd.

'Nee,' zegt Chris ongewoon hard. 'Ze is hier verdronken, in het binnenbad van het bijgebouw van de boerderij. Daarna is ze gedumpt in de Loosdrechtse Plassen. Ze kiezen steeds een ander water uit, vaak de Noordzee. Ik ben wel eens mee geweest, maar dat laatste deel is heftig. Het staat eigenlijk los van het ritueel. Iedereen is weg, de muziek is afgelopen. Met drie man moet je het lichaam vervolgens zien kwijt te raken. Het is midden in de nacht, maar je bent doodsbang dat iemand je ziet. Je voelt je echt een crimineel.'

Ik zwijg en voel de kriebels in mijn buik weer opspelen. Het is waar, het is écht zo, Tom is in gevaar. Ik voel het. Zenuwachtig kijk ik Sebastian aan.

'Kom op, wat gaan we doen? We moeten iets doen.'

Chris stelt voor dat hij alleen naar binnen gaat en Tom naar buiten probeert te krijgen. Als hij daarbij mijn naam noemt, lukt het vast wel om Tom zover te krijgen. Dat moet genoeg reden voor hem zijn om mee te komen en dan kunnen we hem ervan proberen te overtuigen dat het verhaal van Hannes en Maya niet in de haak is. Chris kan thuis die Franse website met de identieke foto's als bewijs laten zien.

'Hoelang wachten we dan? Stel dat je niet terugkomt,' zeg ik. 'Als die Maya en Hannes echt de boel oplichten en grof geld verdienen aan het verdrinken van zwaar depressieve mensen, zullen ze je heus niet zomaar weer laten gaan.'

'Ik wil jullie niet in gevaar brengen. Geef me tien minuten. Als ik dan nog niet terug ben, bel je de politie.'

'Vijf minuten, geen seconde langer,' beslist Sebastian. Hij start de motor en rijdt langzaam verder, op aanwijzingen van Chris. Het idyllische dorpje met links en rechts pannenkoekenhuizen is afgeladen vol. We rijden stapvoets. Midden in het dorp is een bushalte en even daarna slaan we rechtsaf. We komen langs een kerkje, ernaast ligt een kerkhof. Normaal kan ik het niet laten om een mooi, oud kerkje in te gaan en te genieten van grafstenen met hun eeuwenoude uitgehakte letters, maar nu lopen de rillingen langs mijn rug. We rijden door tot Chris een verder gelegen boerderij aanwijst die een meter of veertig van de weg af ligt, verscholen tussen de bomen. Het is een gigantisch gebouw.

'Daar is het.'

Sebastian parkeert de bus aan de kant van de weg. Vanaf hier ziet de boerderij er prachtig uit met zijn witte muren en laag overhangende rieten dak. Schuin erachter moet zich het bijgebouw bevinden dat Hannes en Maya huren voor hun sessies.

'Succes,' fluistert Sebastian.

Chris knikt en stapt uit. Haastig, bijna struikelend gaat hij op de boerderij af. Dan verdwijnt hij om een hoek.

'Hebben we wel bereik hier?' vraag ik. Benauwd pak ik mijn mobiel. Gelukkig, twee streepjes. Moet genoeg zijn.

'Doodeng, hè?' Ik kijk opzij. Sebastian staart strak voor zich uit. Nu valt het me pas op dat hij weer in stilzwijgen is vervallen. Hij heeft het me nog niet vergeven, bedenk ik. Dat ik zijn nageslacht voortijdig om zeep geholpen heb, staat net zo zwaar tussen ons in als zijn verkrachting van mijn irritante nichtje. Hij lijkt mijlenver weg. Nou, hij zoekt het maar uit. Alsof hij nooit iets verkeerd heeft gedaan. Ik heb nu wel wat anders aan mijn hoofd.

Ik kijk naar buiten en denk aan Tom, lieve goeiige Tom, die zich vandaag zomaar ontpopte als een agressief dier. Weer zie ik voor me hoe hij op Sebastian inslaat. Ik voel aan de zijkant van mijn hoofd. Ook daar zit een flinke bult. Dat hij mij zo hard aan de kant zou duwen, had ik nooit verwacht. Hoe goed ken je mensen eigenlijk? Hoeveel invloed hebben die Maya en Hannes dat ze die jongen zo hebben kunnen veranderen? Of was die ommekeer al veel eerder in gang gezet? Door Ziggy misschien? Wat is zijn rol toch geweest in haar drama? Ik begrijp nog altijd niet wat ze hem kwalijk nam. Behalve misschien dat Tom en ik twee handen op één buik waren, van jongs af aan al. Zou ze daar jaloers op zijn geweest? Ongelovig schud ik mijn hoofd. Ziggy jaloers op mij? Gekker moet het niet worden.

Vreselijk, dit wachten. Onrustig schuif ik heen en weer. Hoeveel minuten zijn er nu voorbij? Nog geen spoor van Chris of Tom. Of wacht, daar beweegt iets. Ik stoot Sebastian aan, wijs in de richting van de boerderij. Ik wil al uitstappen, maar Sebastian houdt me tegen.

'Dat zijn ze niet,' sist hij. 'Hier blijven!'

Verdomd, ik zie het. Het is een man met donker haar, in die zin lijkt hij op Chris, maar hij heeft witte kleren aan. Een halflang gewaad met een wijde broek eronder. Chris draagt iets grijzigs, als ik me niet vergis, en een spijkerbroek.

De man in het wit loopt het pad naar de hoofdweg af, in onze richting. Hij kijkt zoekend om zich heen. We duiken naar beneden. Ik kijk Sebastian radeloos aan. Wat moeten we doen als die man ons vindt? Hard wegrijden? Vechten? Wat ik me herinner van de vechten-of-vluchtenreactie is dat je niet kunt voorspellen hoe iemand reageert als er werkelijk groot gevaar dreigt. Het voorbeeld van de groenteman die tot zijn eigen verbazing een mes in de hand van een winkeldief zette, staat me ineens helder voor de geest.

Sebastian durft het aan om voorzichtig uit het zijraampje te gluren. Ik val bijna flauw van spanning.

'Hij loopt weer terug. Hij gaat ook de hoek om, langs de grote boerderij, net als Chris daarnet.'

Ik zucht diep, opgelucht dat de man weg is, al is mijn zorg om Chris en Tom er niet minder om geworden.

Sebastian zegt: 'We moeten naar binnen. Ze hebben Chris. Ik ben bang dat alles wat hij zei, waar is. Laten we eerst bellen.'

Ik knik.

Voor de tweede keer in mijn leven bel ik 1-1-2.

Eindelijk verlossing. Het heeft me nog alle overredingskracht ge-
kost die ik uit de verste hoeken van mijn geest bij elkaar wist te
sprokkelen. Hannes zag het niet zitten met mij. Zijn frons en opeenge-
perste lippen zeiden genoeg. Maya leek bereidwilliger om mijn smeek-
beden serieus te nemen. Haar koele handen rond mijn gezicht, haar
oogopslag onderzoekend, alsof ze om een teken van boven vroeg, een
duidelijk signaal dat het goed was. Uiteindelijk had ze naar Hannes
geknikt.

'Het is te snel na Ziggy,' had hij gemompeld.

'Het is zijn tijd Hannes, ik zie het aan hem.'

Ik had gespannen zijn reactie afgewacht. Ik begreep nu ook dat, al
leek Maya de drijvende kracht van het tweetal te zijn, Hannes degene
was die de beslissende stem had.

'Hij kan ons in gevaar brengen, Maya. Hij is familie van Ziggy.'

'Dat kan hij nu ook,' had zij zacht, bijna onverstaanbaar, geant-
woord, 'kíjk maar naar hem.'

Ik had geen idee wat ze bedoelde. Zag ik er zo vervaarlijk uit? Ik
wist niet zeker of ik haar goed had begrepen, maar voor mij was slechts
één ding van belang. Dat ik eruit wilde stappen. Ik zag geen uitweg uit
mijn hopeloosheid meer. Ik had met alle geweld Ziggy's verkrachter in
elkaar gebeukt, de jongen die ik vijf minuten eerder nog mijn ziel en
zaligheid zou hebben toevertrouwd, zo integer kwam hij op het eerste
gezicht over, dat gaf ook te denken. Het had me totaal niet opgelucht,
terwijl ik er zo lang over gefantaseerd had om Ziggy's verkrachter,
wanneer ik die in mijn handen zou krijgen, in elkaar te timmeren.
Tijdens het onbeheerste slaan en stompen dreunde maar één zin door
me heen. 'En toch is het mijn schuld.' Niets of niemand kon dat zinne-
tje wegnemen. Daarom is het nu mijn tijd. Ik kan niet verder, wil niet
verder.

Hannes had eindelijk geknikt en alles werd klaargemaakt voor mijn eindritueel. De wijn, olie, kaarsen, kleren en muziek. Gelukkig waren er genoeg leden aanwezig vanavond. Ik vertelde kort mijn verhaal, legde mijn verzoek voor en stuk voor stuk knikten ze ter bevestiging. Iedereen begreep mijn situatie, even viel de last in stukjes van me af, alsof met het delen van de pijn ook de schuld van mij afviel. Maar tijdens de slotronde, waarbij ik iedereen om de beurt een laatste keer aankeek, voelde ik niet de liefde en euforie waar ik op gehoopt had. Het bleef doods en koud in mij, in plaats van een laatste stuiptrekking van geluk en saamhorigheid.

Ik weet niet hoeveel handen het precies zijn, maar ze duwen me met gemak onder water. Ik probeer het te laten gebeuren, me niet te verzetten. Dit is immers wat ik wilde. Ik hou mijn ogen open en zie hun gezichten als in een waas. De muziek klinkt dof. Ik kan de woorden amper verstaan, maar ik ken ze door en door. Ik zou mee willen zingen. Zee, wind, zon, oceaan...

Ik laat de laatste lucht ontsnappen, open mijn mond en het water golft naar binnen. Ik hap naar adem, en alles wat ik binnenkrijg is nog meer water. Paniek. Ondanks mijn voornemen rustig te blijven, begin ik uit alle macht te vechten tegen die handen.

En ineens zie ik het gezicht van Ziggy voor me. Alles wat ik kon missen, eenentwintigduizend euro, heb ik haar gegeven zodat zij hier kon liggen. Jezus, wat heb ik gedaan? Zij heeft dit ook meegemaakt. Heeft ze net zo hard gevochten als ik nu? Had ze tijdens haar laatste seconden ook door dat dit geen liefdevolle hulp is maar kille moord? Heeft ze zich net als ik bedacht maar was het voor haar ook te laat?

Lucht wil ik. Terug, naar boven wil ik... Naar boven... Al dat water... Terug moet ik... Ik stik! Dit is een vergissing! Maya, Hannes, luister naar mij! Ik wil dit niet! Mirka, papa, mama, waar zijn jullie?

Mijn krachten nemen af. Ik geef het op. Alsjeblieft, laat het nu gauw over zijn. Waar blijven die prachtige kleuren, die zachte muziek, waar blijft godverdomme die belofte?

We sluipen met een grote boog om de boerderij heen naar het bijgebouw erachter. Ook dit ziet er verzorgd en sfeervol uit, met witte muren en een rieten dak. De voordeur is zoals verwacht op slot.

Even lijkt het mij een goed idee om aan te bellen, maar Sebastian houdt me tegen. Weet jij met hoeveel ze zijn, gebaart hij. Geen idee, maar vast met genoeg om ons op te vangen, weer buiten te zetten of, erger nog, ons iets aan te doen. Ik haal mijn schouders op. We moeten hoe dan ook naar binnen, want Tom en Chris zijn daar. Maar wat is wijsheid? Hoe kunnen we ze in vredesnaam bereiken zonder onszelf in gevaar te brengen?

Sebastian loopt voorzichtig door, ik volg hem. Als we bij een groot raam komen, bukken we om niet gezien te worden. Binnen is het donker en stil, er lijkt niemand te zijn. We schuifelen door totdat we gehurkt onder het raam zitten. Voorzichtig voelt hij met een hand boven zijn hoofd of het raam open is. 'Geen beweging in te krijgen.'

We sluipen door. Onze voetstappen kraken op de takken en bladeren. Het volgende raam benaderen we op dezelfde manier. Ook hier lijkt niemand binnen te zijn. Het raam zit dicht, maar Sebastian staat nu langzaam op om de sluiting beter te bekijken. Voordat ik hem kan tegenhouden, geeft hij met zijn vuist aan de zijkant een felle tik tegen het raam, vlak bij de sponning. Het glas rinkelt eruit. Oef, ik besterf het bijna, ik heb nog nooit zo'n herrie gehoord. Sebastian gaat met zijn hand, die behoorlijk bloedt, naar binnen en draait het beugeltje omhoog waarmee het raam op slot zit. Hij zwaait het raam naar buiten open. Er vallen nog wat glasresten naar beneden.

'Kom,' zegt hij en hij stapt over de vensterbank. Hij reikt me zijn niet bebloede linkerhand aan en helpt me naar binnen. Er klinkt muziek in de verte. Ik knik Sebastian toe, daar moeten we heen.

Zachtjes openen we de deur van de kamer. We komen uit op een lange gang. Het ziet er prachtig uit, overal branden waxinelichtjes in donkeroranje houders aan de wand. De muziek klinkt nu harder. Aan het einde van de gang is een ronde poort. Met een grote zwarte beugel worden twee deuren bijeengehouden. Ik pak de beugel vast en breng hem voorzichtig omhoog. Wanneer ik eraan trek, geeft één deur mee. Centimeter voor centimeter beweeg ik de deur naar me toe. Sebastian heeft eerder zicht op de ruimte achter de deuren dan ik.

'Leeg, er is niemand,' fluistert hij. Toch klinkt de muziek hier harder. Ik open de deur zodat we naar binnen kunnen en zie een grote ruimte met wel veertig stoelen en een katheder ervoor. Een enorme bos bloemen in alle kleuren van de regenboog staat ernaast. Er brandt zacht licht. Links achter de katheder is een kleinere poort, met één ronde houten deur. Zouden ze daar zijn? Haastig lopen we ernaartoe. Als ik mijn oor tegen de deur hou, klinkt de muziek nog veel harder. Zo te horen is het Nederlandstalig, maar ik weet niet van wie.

Ik leg een hand op de zwarte beugel, maar hou dan in en kijk Sebastian vragend aan. Het voordeel van de luide muziek is dat het geluid dat wij maken niet zal opvallen. Maar als we de deur openen, zijn we mogelijk vol in het zicht. Sebastian knikt. Ik streel hem snel even over zijn wang. Als hij zoveel risico durft te nemen, durf ik het ook. Ik zie hem door mijn korte streling verstarren. Toe nou maar, gebaart hij ongeduldig. Ik trek de beugel omhoog en open heel voorzichtig de deur. Meteen overstemt de muziek alles. Keiharde tonen dreunen door me heen.

Het eerste wat ik zie, is de enorme hoeveelheid kaarsen. Als de deur zo'n drie centimeter open is, durf ik de ruimte verder in te kijken. Er staan wel twintig mensen in een soort bassin, allemaal in witte kleren, op een man en een vrouw na die iets donkerroods aanhebben. Ze zijn zo geconcentreerd bezig dat ze niet doorhebben dat wij er zijn. Ik probeer Tom te ontdekken, en Chris, maar zie ze niet.

Dan zie ik pas waar al die mensen zo in opgaan. Een deel van mij wil het niet weten maar ik kan het niet langer ontkennen. Er ligt iemand in het midden van het bad, onder water. Mijn hart staat stil. Witte kleren en donkere warrige haren. En twintig paar handen boven op hem. Keihard klinkt de muziek: 'Ik kom eraan, ik kom eraan...'

Ik gooi de deur wijd open en begin onbeheerst te schreeuwen. Ik ren naar het bassin, Sebastian is vlak achter me. Twee onbekenden duw ik aan de kant en ik stort me in hun midden, het water in. De vreemden beginnen ook te schreeuwen en deinzen geschrokken achteruit alsof ze ruw uit een trance ontwaken en lijken te beseffen wat ze aan het doen zijn. Ik grijp het zware lichaam van Tom en hijs het zo goed en zo kwaad als het gaat naar boven. Er lijkt weinig leven meer in hem te zitten, maar ik hou hem stevig vast, als een schild voor me.

Sebastian is aan de rand van het bad blijven staan. Hij torent boven iedereen uit.

Het bassin ligt diep in de vloer. Tot mijn verbazing ben ik niet bang. Ik ben woest.

De man in het rood kijkt me woedend aan. Hij blaft ons toe, wie we zijn en hoe we hier zijn binnengekomen.

'Waar is Chris?' schreeuw ik terug.

Mijn woorden galmen door de ruimte. De muziek is afgelopen, het is opeens stil, op mijn gehijg en het geklots van water na. Ik klem Tom tegen me aan en probeer te voelen of hij nog ademt, of er nog een polsslag is, of zijn hart nog klopt.

Nu hoor ik de vrouw in het rood voor het eerst iets zeggen. Uiterst beheerst klinkt haar warme, donkere stem door de met alleen kaarsen verlichte ruimte.

'Lieve mensen, we hebben nog veel te doen...'

Dan gaat alles snel. De in het wit gestoken mensen komen dreigend op me af. Voor ik het goed en wel doorheb, rukken ze Tom uit mijn handen en grijpen ze mij ruw vast. Ik word uit het water gesleurd en over de grond gesleept. Waar is Sebastian? En Tom? Glijdt hij nou weer het water in? Als hij al niet dood was, gaat dat nu zeker gebeuren. Ik voel geen paniek, alleen immense woede. Ik vecht als een leeuw, voor Tom maar ook voor mezelf, en hoor allerlei stemmen door elkaar. Sebastian roept ook iets, maar ik kan hem niet verstaan. Ik schreeuw terug naar hem, dat hij niet op mag geven. Het zou toch niet te verteren zijn als dit stelletje gestoorde sekteleden zou winnen en door zou kunnen gaan met hun onmenselijke praktijken.

Plotseling klinken zware mannenstemmen en een enorm gegil. De ruimte lijkt nog voller te worden, ik word tegen de muur gekwakt en val met mijn hoofd tegen een brandende kaars aan. Meteen ruik ik de geur van verschroeid haar. Ik sla met mijn handen op mijn hoofd, ben panisch, voor het eerst besef ik dat mijn leven in gevaar is. Ik gil en krijs dat ik naar buiten wil, ik moet de frisse lucht in.

De paniek geeft me vleugels, ik probeer van de muur vandaan te komen en stort me op mijn aanvallers. Ik klim tegen die mensen op, in de richting van de deur. Ik sla en ik klauw, heb geen idee hoelang dit aan de gang is voordat het eindelijk rustiger wordt. De handen verdwijnen één voor één terwijl het geschreeuw aanhoudt. Langzaam ontstaat er meer ruimte, maar ik krijg nog steeds geen lucht. Ik heb het gevoel dat ik stik, dat alle zuurstof uit de lucht verdwenen is. Ik kan niet geloven dat het voorbij is, als een dwaas blijf ik om me heen slaan en ik brul de longen uit mijn lijf tot het me zwart voor de ogen wordt.

Mijn vader zit aan mijn ene zij, mijn moeder aan de andere. Elf uur is het, de zon schijnt. Door de gekleurde glas-in-loodramen vallen schitterende streepjes rood, blauw en geel op het middenpad. Het is, geloof ik, een mooie dienst. In ieder geval vind ik het groots dat oom Frank en tante Josje de song laten draaien die Ziggy haar hele leven al vergezelt.

Ziggy played guitar, jammin' good with Weird and Gilly,
The spiders from Mars, he played it left hand
But made it too far
Became the special man, then we were Ziggy's band

Ziggy Stardust van David Bowie. Niet het meest gekozen begrafenislied. In gedachten maak ik een buiging voor haar ouders. Ze haten David Bowie, dit brengen ze toch maar op. Ze zullen wel net zo weinig geslapen hebben als ik.

Nadat de politie ons gisteren bevrijd had, is er een delegatie naar oom Frank en tante Josje gegaan om hun de details van hun dochters dood mee te delen. Ze belden mij later op, ik was nog in het ziekenhuis. Uitvoerig hebben we met elkaar gesproken, het was vreemd om een volwassen gesprek met mijn oom en tante te voeren. Ik heb alles verteld wat ik wist over HiBiZcus. Alleen dat ik Ziggy de laatste vierduizend euro heb gegeven die ze nodig had, liet ik weg. Ze zouden er niets van begrijpen, en nog meer verwijtende blikken wil ik niet.

Sebastian heeft het volgehouden om geen woord tegen me te zeggen, vanaf het moment dat we daar weer toe in staat waren. De politie ondervroeg ons. Hij deed zijn verhaal, ik het mijne. Daarna heb ik niets meer van hem gehoord. Hoewel me dat niet lekker zit, ben ik toch vooral bezig met Tom. Hij is in vliegende vaart naar het ziekenhuis gebracht en ligt op de intensive care aan de beademing, bewusteloos maar buiten levensgevaar. Chris wijkt niet van zijn zijde. Hij is ernstig verliefd op Tom, vertrouwde hij me in de wachtkamer toe. Als ik denk aan wat hij heeft moeten doorstaan, krijg ik nog de rillingen. Zodra het Hannes en Maya duidelijk werd dat hij Tom uit de boerderij probeerde te krijgen, is hij door vier man opgepakt en vervolgens opgesloten in een kelderkast. Hij was ervan overtuigd dat Tom dood zou gaan. Lijkbleek, schor, letterlijk zeiknat en onder de bloederige krassen hebben de politieagenten hem uiteindelijk gevonden. Hij had zichzelf opengekrabd van pure machteloosheid en frustratie.

De begrafenisondernemer heeft opnieuw het woord genomen. Ik probeer niet naar hem te luisteren want hij heeft geen idee wie Ziggy was en ik heb zelden iemand in functie zo sentimenteel bij een dienst gezien. Hij is al twee keer in tranen uitgebarsten. Tenenkrommend.

Ik zit met de Cindy- en Fleur-poppen in mijn handen. Bij De Gouden Schaar heb ik van stevig plastic twee trendy outfits voor ze laten maken die tegen weer en wind bestand zijn. Trenchcoats, broekpakken, het kon allemaal. Ik heb de gezichtjes schoongemaakt en de afgeknipte haren met een beetje gel in model gebracht. De twee poppen horen bij Ziggy. Ik zal ze straks bij haar graf zetten. Zo is de cirkel rond.

Ik dwing mezelf terug te denken aan wat ik al zo lang probeer te vergeten, het heeft toch geen zin om het weg te stoppen, als een boemerang flitsen de herinneringen immers om de zoveel tijd door mijn hoofd. Ik ben een ontzettend jaloerse trut geweest, of ik het nu onder ogen wil zien of uit alle macht probeer te negeren. Het wordt tijd om het te aanvaarden. Hier, in deze aula, met de zo vertrouwde muziek van David Bowie, voelt het goed; confronterender dan tijdens haar begrafenis kan niet. Lange tijd hing ik paniekerig boven de bodem van de put, terwijl ik mezelf wijsmaakte dat het allemaal wel meeviel; nu ik op die bodem zit, is er geen angst meer. Kom maar, ik kan het aan.

Ik zie de beelden voor me als in een film. Zes jaar ben ik en ik zit achter Ziggy, op een rieten stoeltje. Zij zit voor me op de grond, mijn Cindy- en Fleur-poppen op schoot. Hun lange haren golven over haar handjes. Ik geef haar de schaar. Ze is drie en wil kappertje spelen. Eerst heb ik dat afgehouden, ik had geen zin om te doen wat zij wilde. Toen bedacht ik iets. Het mag van mij, op voorwaarde dat ik dan háár kapper zal zijn.

'We kunnen ze toch weer aan elkaar plakken?' opper ik.

Ziggy kijkt me lachend aan. 'Echt? Nee, hè?' Ze schudt ongelovig haar hoofd maar kijkt me aan met een sprankje hoop. Echt waar. We maken de haren gewoon weer vast, met lijm of plakband. Ze heeft zo'n zin om het haar van Cindy en Fleur aan gort te knippen, dat ze me gelooft. Ze knikt. Goed dan. Ze knipt en knipt, zo geconcentreerd als een driejarige dat kan. Er blijft weinig over van hun haar maar dat heb ik er voor over. Ik zit achter Ziggy en zet mijn schaar in haar lange, blonde haren. De eerste stroken vallen op de grond. Steeds hoger zet ik in. In haar nek, boven haar oor. Kort, korter, kortst. De vloer ligt bezaaid met spierwit meisjeshaar, en een paar lokken poppenhaar. Alleen boven op het hoofd laat ik het iets langer. Model bloempot, achteraf bezien.

Ziggy's fotoshoots moesten worden afgelast. Schatting van de gederfde inkomsten: vierduizend euro.

Reactie van Ziggy: huilen en krijsen. Hoe zoet klonk me dat in de oren.

Reactie van mijn moeder: verwijten. Hoe ik zoiets had kunnen doen. Dat mijn jaloezie me te gronde richtte. Dat ik vriendschappen niet waard was. Noch vertrouwen. Hun vertrouwen. Vertrouwen komt te voet en gaat te paard. Als zesjarige werd vertrouwen voor mij een meneer die op een prachtig paard wegstuift.

Overigens hield ik me van de domme, ik zei dat ik niet snapte dat ik iets heel slechts had gedaan; we hadden gewoon kappertje gespeeld, en haar haren groeiden toch wel weer aan? Terwijl Ziggy wel mijn poppen voorgoed... Mijn moeder geloofde niets van mijn schijnheilige blik. Ze kende me blijkbaar toen al door en door.

Reactie van mijn vader: stilte en een fronsend voorhoofd bij het slapen gaan. Geen kus meer, geen kneepje in mijn wang. Zijn teleurstelling raakte me het meest.

Reactie van mijn oom en tante: afstand. Ze probeerden Ziggy voortaan bij anderen onder te brengen als tante Josje in het ziekenhuis lag, bij voorkeur bij de ouders van Tom. Maar kennelijk hadden ze niet veel mensen in hun omgeving waar ze terecht kon, en zo bleef ik toch nog opgescheept met haar, zij het minder vaak dan voorheen. Mijn actie had dus wel iets opgeleverd. Dat ik mezelf er niet aardig om vond, probeerde ik maar niet te voelen.

Ik was zes jaar toen ik Ziggy voor het eerst in de steek liet. Tien jaar later liet Sebastian haar op zijn manier in de steek. Wat Toms rol nu is, ik heb nog altijd geen idee. Ik heb het hem nog steeds niet durven vragen. Of wil ik dat gewoon niet? Hoeveel heb ik willen weten van hem? Van Sebastian? Hoe goed heb ik mezelf eigenlijk willen leren kennen? Heb ik de moed gehad om onder ogen te zien hoe afgunstig ik ben? Wegstoppen en doorgaan, dat was lange tijd mijn motto. Als iets me niet beviel, zorgde ik er wel voor dat het ophield. Je wilt graag van jezelf denken dat je een goed mens bent, maar blijkbaar valt dat tegen.

Het gezicht van Sebastian komt me voor ogen. Ik heb geen idee of hij me heeft vergeven. En ik hem? Kunnen we laten rusten wat is gebeurd of moeten we afscheid nemen? Of ligt het heel anders, bijvoorbeeld dat we juist naar elkaar toe werden gezogen door onze gemeenschappelijke, beschadigde achtergrond, nog voordat we dat van elkaar wisten? Onze geschiedenissen blijken elkaar op beslissende momenten te hebben gekruist. Dat kan toeval zijn, maar ik geef er liever een andere betekenis aan. Of hij dat ook zal doen, is nog maar helemaal de vraag.

Ik staar uit het raam van de aula. Mijn gezicht trekt strak en mijn kaken zijn stijf op elkaar geklemd. Ademen doet pijn en automatisch druk ik uit alle macht mijn voeten tegen de grond. Ik zou willen huilen maar er is in geen velden of wegen een traan te bekennen. Het is koud bij mij vanbinnen, vlak en grijs. Ik zou Ziggy willen eren, haar recht willen doen, maar daar is het toch echt te laat voor. Ik kan niets meer voor haar doen, of tegen haar zeggen dat het me spijt. Nu ze dood is komen die woorden wel in me op, terwijl ik toen ze nog leefde al boos werd bij de gedachte alleen al. Mijn moeder legt af en toe een hand op mijn schouder, dan weer op mijn knie. Ik voel haar bezorgdheid.

De begrafenisondernemer dept voor de derde keer zijn ogen droog. Elke keer dat hij naar Ziggy's foto op haar kist kijkt, krijgt hij het te kwaad. Heeft dan niemand hem geleerd dat hij dat vooral niet moet doen? Of kickt hij soms op verdriet en is hij daarom in dit vak terechtgekomen? Wrevelig sluit ik mijn ogen.

Ik zorg ervoor dat ik als laatste afscheid neem bij het graf. Maar weinig mensen zien dat ik er de poppen neerzet. Ik zit niet te wachten op vragen die ik niet wil beantwoorden, of op sentimentele blijken van medelijden.

De gebruikelijke broodjes sla ik over. Zodra ik mijn oom en tante heb gecondoleerd en mijn ouders gedag heb gekust, spring ik op mijn fiets naar het ziekenhuis. Ik wil bij Tom zijn.

Ik ben er bijna als mijn mobiel gaat. Op de display zie ik dat het Suzanne is, maar als ik de toets indruk hoor ik alleen het zenuwslopende geluid van iemand die hartverscheurend huilt. Ik rem en zet mijn fiets aan de kant van de weg. Wie is dit? Het flitst door me heen dat dit onmogelijk Suzanne kan zijn; die heb ik nog nooit horen huilen.

'Hallo?' probeer ik.

Het gesnik duurt voort. Ik check de display; het is echt Suzannes nummer.

'Suzanne?' probeer ik nogmaals. En dan: 'Wie is dit? Wat is dit? Is er iets met Suzanne?' Ik begin me zorgen te maken. Het geluid van langsrijdende taxi's en bussen maakt het er niet beter op. Ik scherm mijn ene oor met mijn linkerhand af terwijl ik de telefoon dichter tegen mijn andere oor aan druk. Ik vraag weer wat er aan de hand is. Is Suzanne in nood?

Het huilen is iets minder aan het worden. Dan ineens schalt de stem: 'Ik mis hem zo!' waarna opnieuw een oorverdovend brullen klinkt. Verdomd, toch Suzanne. Gelukkig, ze heeft geen ongeluk gehad, of erger. Ik vraag waar ze het in godsnaam over heeft. Niet al te lang geleden is een oom van haar overleden, maar die heeft geen echt belangrijke rol in haar leven gespeeld. Wie mist ze dan?

'Jelle!' klinkt het wanhopig.

Had ik een klomp, dan brak hij nu. Dit kon niet waar zijn. Na al die eindeloze sessies hoe verschrikkelijk Jelle wel niet was, hoezeer ze niet bij elkaar pasten en hoe ze zich ooit zo vergist kon hebben, blijkt de meest rationele vriendin die ik heb, nog steeds van de onmogelijke Jelle te houden. En zelfs om hem te huilen. Ongelooflijk. Ik schiet in de lach.

'Ik weet het, ik ben onverbeterlijk,' klinkt het boos en snotterig.

'Ga dan naar hem toe,' adviseer ik. 'Waarom niet?'

'Vind je dat echt?'

Ik vind van wel. Blijkbaar is er iets tussen die twee wat niet rationeel op te lossen valt. Wat een grap. Ik schater het opgelucht uit. Suzanne kan er niet om lachen. Na een tirade over zwakheid en de façade van de vrije wil, vermoedelijk meer tegen zichzelf dan tegen mij, belooft ze me schoorvoetend om naar hem toe te gaan.

Nog nagrinnikend loop ik door de draaideur van het ziekenhuis. Wat grappig allemaal. Ik heb opeens het goede gevoel weer te pakken; als Suzanne en Jelle het opnieuw met elkaar gaan proberen, dan is er ook nog hoop voor Sebastian en mij. Wie weet dans ik dit weekend alweer met hem, of beter nog, vanavond. Misschien moet ik mijn koppigheid opzij zetten en hem straks gewoon bellen. Het lijkt me heerlijk om in zijn armen een beetje rond te zwieren en gewoon van hem te kunnen houden.

Ik weet de weg. Zonder veel moeite bereik ik de intensive care afdeling. Ik zie Tom vanaf de gang al liggen, maar word staande gehouden door de arts met wie ik gisteren contact had. Ze gebaart dat ik mee moet komen, ik voel haar hand op mijn rug. Die hand verontrust me. Met een wee gevoel in mijn maag volg ik haar, een metalige smaak in mijn mond.

In een kleine kamer met lage stoelen – dit soort kamertjes gebruiken ze voor slecht nieuws, gaat het door me heen – legt ze de situatie uit. Haar ogen staan ernstig, haar stem is zacht. Haar ene oog is aanzienlijk kleiner dan het andere. Mascara klontert aan haar wimpers.

Ze hebben de uitslagen van de onderzoeken. De hersenbeschadiging is te groot, Tom gaat het niet redden. Het wachten is op toestemming van zijn ouders om hem van de beademing af te halen. Het spijt haar enorm voor me.

Het nieuws dreunt binnen, een olifantenpoot slaat een gat in mijn borst. Ik blijf kaarsrecht zitten, merk alleen door een waas van tranen dat mijn ogen niet ophouden met knipperen. Als een zoutpilaar probeer ik het nieuws te vatten. Tom gaat dood. Of is het eigenlijk al, want zijn geest is niet meer. Ik voel mijn adem door mijn lijf gaan, als een pomp die uitzet en inzakt. Ik ben doodstil vanbinnen. Te laat, we kwamen te laat. Veel meer dan dat gaat er niet door me heen. Ik voel een intense vermoeidheid over me heen komen. Het lukt niet om te bewegen. Mijn lichaam lijkt van grijs, stevig rubber dat moeizaam meeveert op mijn ademhaling, maar waar alle leven uit is. Mijn hersenen een gelige, kleverige pasta.

Ik ben mijn lieve vriendje kwijt. Mijn grote voorbeeld.

Uren later vind ik bij binnenkomst een envelop op de deurmat. Ik herken zijn handschrift. Ik laat mijn tas op de grond vallen, zak door mijn knieën, de muur is koud, de voordeur staat nog open. De eerste herfstdruppels waaien naar binnen. Ik scheur met trillende vingers de envelop heel voorzichtig open. Er zitten drie getypte A4'tjes in en eraan vastgeniet een klein handgeschreven velletje. Ik lees het kleine velletje als eerste.

Ik besef dat dit pakketje de laatste woorden bevat die hij ooit tot mij zal richten. Ik lees ze zo langzaam mogelijk; zolang ik lees, leeft hij nog.

Lieve Mirka,

Omdat ik van je hou en je er anders niets van begrijpt, stuur ik je mijn dagboekaantekeningen. Ik heb het opgeschreven zoals ik het steeds opnieuw beleef, sinds Ziggy een aantal maanden geleden contact met me opnam.

Verder moet ik jullie mijn excuses maken voor mijn uitbarsting tegenover Sebastian. Dat ik hem nu heb ontmoet, en me niet kon inhouden, doet niets af aan mijn schuld.

Mirka, ik verdwijn uit jouw leven, uit het leven. Het is beter zo. Het ga je goed. Maak er wat van.

Tom

Langzaam sla ik het blaadje om.

Ik zie mezelf terug in een discotheek, het is een omgebouwde schuur tussen weilanden, omwonenden hebben er weinig last van het geluid. Af en toe ga ik ernaartoe, met een groepje van de middelbare school als iedereen zijn ouders in het weekend bezoekt. Hoewel ik in Utrecht stu-

187

deer, vind ik het fijn om in de weekenden thuis te zijn, in Kampen, bij pa en ma. De studie gaat goed, ik heb een paar vrienden, vooral vriendinnen eigenlijk. Maar van een relatie is het nog niet gekomen. Hoelang weet ik al dat ik op jongens val? Zeker vanaf mijn veertiende. Ik ben nu eenentwintig. Ik fantaseer me een ongeluk en ben in het geheim wel eens verliefd, maar daar blijft het bij. Ik heb geen idee hoe ik dat aan moet pakken.

Deze avond heb ik behalve een paar vrienden ook Ziggy bij me. Ze logeert dit weekend bij pa en ma, tante Josje ligt weer eens in het ziekenhuis. Ze is pas dertien, maar ze wilde graag mee. Prima. Ze ziet er fantastisch uit, in een lichtgroen mini-jurkje en goudkleurige laarzen. Ze vindt het leuk om te dansen, zie ik. Af en toe komt ze even bij me staan, hijgend en met een rood hoofd. Ze drinkt de hele avond cola. Ik heb maar één keer hoeven zeggen dat ze geen breezers van me krijgt en ze accepteerde het direct. Op deze manier is oppassen op je kleine nichtje geen straf. Ze zegt niet veel, maar als ik vraag of ze al naar huis wil, schudt ze haar hoofd. Nog lang niet, ze heeft het geweldig naar haar zin.

Ik draai me weer om naar de blonde jongen die bij de bar staat. De hele avond heb ik hem al in het vizier. De manier waarop hij naar me kijkt, is maar voor één uitleg vatbaar. De eerste keer dat ik zijn blik ving, keek ik nog schichtig om me heen, ik kon bijna niet geloven dat die voor mij was bestemd. Maar hij lachte en knikte. Ja, ik bedoel jou. Een rilling door mijn lichaam. Mijn opwinding is niet alleen fysiek. Zou het vanavond eindelijk gaan gebeuren?

Ik lijk uit voelsprieten te bestaan, wachtend op elke actie van hem die op mij is gericht. Ik ben me bewust van mijn hele lichaam, benen stevig op de grond, armen over elkaar, in mijn hand een biertje geklemd. Normaal ben ik alleen een hoofd dat nadenkt. Dat er ook een lichaam aan bungelt, is bijzaak. Ik moet lachen om mezelf. Deze jongen heeft vast geen idee wat hij in me losmaakt. Weer vang ik zijn blik. Hij wil me, zoveel is duidelijk, ik ben niet helemaal van gisteren. Verlegen kijk ik naar de grond, maar zie dan zijn schoenen in mijn richting schuifelen, tussen al die andere mensen door. Hij komt mijn kant op. Ik hoor de muziek amper nog. Een lichte paniek vloeit door me heen. Zie alleen die schoenen, ze naderen langzaam, tot op een meter afstand. Als ik nu niet naar hem opkijk, verklaart hij me vast voor gek en zal hij doorlopen. Ik vat moed en kijk hem vol aan.

'Nog een biertje?' vraagt hij lachend. Hij legt zijn hand licht op mijn bovenbeen, alsof we elkaar al jaren kennen. De vanzelfsprekendheid van het gebaar verrast me. Wat een lef.

'Lekker,' zeg ik dapper.

Hij neemt me mee naar buiten. Ik kijk nog even waar Ziggy is en zie haar fanatiek bewegen op de dansvloer, tussen vijftig andere springende tieners. De jongen pakt mijn hand en we lopen de schuur uit, het weiland in. Ik weet het zeker, nu gaat het gebeuren. Ik probeer niet te letten op mijn zweterige hand. De koelte van de avond is welkom. We lopen zwijgend een meter of vijftig, ik laat me leiden. Onder een boom stopt hij, we zijn nu nagenoeg uit het zicht van de discotheek annex schuur. Hij draait zich naar me toe en kust me. Zijn armen om me heen, zijn warme lichaam tegen me aan. Mijn eerste zoen. Ik zweef.

Ik weet niet hoeveel later het is als hij door zijn knieën zakt en langzaam, als in een choreografie, mijn riem losmaakt. Ik leun tegen de boom, laat hem begaan. Waar ik normaal duizend angstige gedachten zou hebben, is er nu alleen de roes van zalige opwinding. Ik denk niet na. Wat me nooit gebeurt: mijn lichaam staat aan, mijn hoofd bijna uit. Ergens ver op de achtergrond doet het nog een beetje mee, genoeg om te registreren wat er gebeurt, opdat ik me dit later heel vaak kan herinneren. Zoveel weet ik al wel. De onbekende jongen ademt zwaar, gebruikt zijn handen teder en bedreven. Wanneer ik zijn zachte mond voel, de tong nat en warm, grijp ik naar de boom achter me om niet door mijn knieën te zakken. Geluksgolven slaan door mijn lijf; ik kan het wel uitzingen. Wat een verlossing. Wat heb ik al die jaren gemist? Dit overstijgt elke fantasie die ik de afgelopen zes jaar heb gehad. Ik ben ontroerd en opgetogen tegelijk. Tot mijn eigen verbazing begin ik te grinniken, te lachen, ik tril en schud aan alle kanten. Ik zak alsnog door mijn knieën. De onbekende jongen lacht hardop met me mee, hij houdt me vast en samen belanden we op de grond. We rollen door het gras, uitgelaten als jonge kinderen. De geur van gras en koeien. De smaak van zijn zweet, vermengd met aftershave. Zijn tong weer tegen de mijne.

Als hij later mijn riem uit mijn broek trekt, begrijp ik eerst niet wat hij daarmee wil. Pas als hij de zijne langzaam door de lusjes van mijn spijkerbroek schuift, valt het kwartje. Plechtig volg ik zijn gebaar: mijn zwarte riem rijg ik liefkozend rond zijn middel. Wat een daad van verbinding. Dit is de mooiste avond van mijn leven, ik ben eenentwintig jaar en mijn leven is begonnen.

Voor mij betekende deze avond het begin van erotisch geluk, zij het dat mijn verlegenheid niet zomaar verdween en ik onhandig bleef in contact maken met mooie jongens. Maar toch, zo af en toe was er een liefde, soms kort, soms voor langere tijd. Voor Ziggy was deze avond het begin van een nachtmerrie.

Toen ik met de onbekende jongen terugkwam in de schuur, zat zij in haar eentje op een barkruk. Het was half één, tijd om naar huis te gaan. Zonder morren ging ze mee. Ik heb die avond niets aan haar gemerkt. Misschien dat ze iets troosteloos over zich had, iets minder rechtop zat, haar gezicht iets strakker stond. Had ik het moeten zien, of schreef ik de verandering toe aan het late tijdstip? Ik probeer het terug te halen, maar om eerlijk te zijn was ik niet met haar bezig; ik was vervuld van mijn eigen geluk.

Een paar maanden geleden heeft ze me verteld van haar ontmaagding. In precies dezelfde minuten had zij haar ergste en ik mijn fijnste ervaring, op slechts enkele tientallen meters van elkaar vandaan. Terwijl ik me liet pijpen tegen een boom, euforisch, stortte haar wereld in. In de tijd dat ik haar uit het oog had verloren, wat zal het zijn geweest, misschien drie kwartier, werden de zaadjes geplant voor verkrachting, abortus, onvruchtbaarheid, depressie en ten slotte haar doodswens.

Tom, bedankt voor het babysitten. Goed gedaan, jongen.

Ze nam mij niets kwalijk, liet ze me weten, maar vond wel dat ik bij haar in het krijt stond. Ze heeft me gevraagd of ik haar wilde helpen. Dat heb ik gedaan, maar nu ik weet waartoe mijn egocentrische gedrag heeft geleid, kan ik niet anders dan haar voorbeeld volgen. Ik was verantwoordelijk voor haar. Dat mijn onoplettendheid haar leven heeft geruïneerd, is echt ondraaglijk. Er is geen andere weg.

Met trillende vingers klap ik mijn mobiel open. Door een waas van tranen zoek ik in de lijst naar zijn naam.

Wanneer ik zijn stem hoor, dichtbij alsof hij naast me zit, wordt de brok in mijn keel zo groot dat het pijn doet. Ik veeg met mijn hand over mijn kletsnatte wangen.

'Tom is dood,' weet ik uit te brengen.

'Jezus! Mirka, meisje, waar ben je?'

'Ik ben thuis.'

'Blijf waar je bent. Ik kom eraan.'